Fantasy

AF289509

Holger H. Haack

Dédscherdomro

die Rückseite der Welt

Fantasy

Bibliografische Information der Deutschen Nationalbibliothek:
Die Deutsche Nationalbibliothek verzeichnet diese Publikation in der Deutschen Nationalbibliografie; detaillierte bibliografische Daten sind im Internet über http://dnb.dnb.de abrufbar.

Umschlaggestaltung: Christian Kohls Design
Lektorat: Gertrude van Dam
Korrektorat: Gertrude van Dam
Bild im Buch: Christian Kohls Design
Verlag: BoD · Books on Demand GmbH, Überseering 33, 22297 Hamburg, bod@bod.de
Druck: Libri Plureos GmbH, Friedensallee 273, 22763 Hamburg

ISBN: 978-3-7693-1354-3

Die Reise

„Können wir jetzt endlich?" Ferdi sieht Peter fragend, ja schon fast vorwurfsvoll, an. „Du immer mit deiner Hektik! Was soll das bringen?" „Das soll bringen, dass wir endlich mal pünktlich wegkommen. Je später es wird, desto später können wir rasten und uns einen Schlafplatz suchen!", meint Ferdi etwas aufgeregt und leicht verärgert und fährt fort: „Ich habe jedenfalls keine Lust im Halbdunkel im Urwald einen Schlafplatz zu suchen. Das eine Mal auf dem Baum hat mir gereicht. Mir tun jetzt noch alle Knochen weh. Ich will mich hinlegen können und zwar ohne dass ich fürchten muss vom Baum zu fallen!"

Ihre Augen funkeln und sie bemerkt, dass sie immer noch müde vom gestrigen Tag ist. Es war zwar nur einen Tag durch den Dschungel zu gehen und sie beide hatten den ganzen Tag voll konzentriert auf den Weg zu achten. Sie mussten in die Bäume schauen um zu sehen ob dort keine Spinnen oder Schlangen hingen oder lagen. Das gleiche galt für den Weg an sich. Auch dort konnten diese Tiere lauern. Überall musste sie zur gleichen Zeit hinschauen. Ihre Augen tun ihr heute noch weh. Dazu gab es keinen wirklichen Weg im Urwald. Peter fand nur die Richtung durch seinen Kompass. Sie mussten den ganzen Tag über Sträucher steigen, auch wenn sie mit der Machete abgeschlagen wurden, so blieben doch die Stümpfe stehen über die man steigen musste. Ebenso über Totholz, verfilzte oder überwucherte Stümpfe. Jedenfalls hat sie heute einen unheimlichen Muskelkater in den Beinen und in den Hüften. Was sie überhaupt nicht erwartet hat, war ein Muskelkater in den Augen. Sie ist erstaunt, dass es so etwas überhaupt gibt, das wusste sie bisher nicht.

„Ja, wir können!", kommt es ruhig von Peter zurück. „Ich habe die GPS-Daten noch einmal überprüft. Sie stimmen. Wir müssen erst in östliche Richtung weiter. Etwa gegen Mittag müssen wir dann wieder nach Norden abbiegen. Dann sollten wir das Sumpfgebiet umgangen haben. Ich hoffe nur, dass die Karten und GPS-Angaben stimmen. Die letzten Angaben waren ja nicht so präzise, wie ich gehofft hatte."

Den Rucksack umgeschnallt läuft er, ohne sich nach Ferdi umzusehen, los. Ferdi, die darauf wartete, folgt ihm erleichtert. Endlich geht es weiter. Ihr ist es lieber, wenn sie früh losgehen und dann eventuell am späten Nachmittag statt erst am Abend rasten und sich einen Schlafplatz suchen. Sie liebt es früh aufzustehen, leider war Peter da ganz anders. Er würde lieber in der Dunkelheit, die hier sehr schnell hereinbrach, weitergehen und morgens länger schlafen. Allerdings verhinderten das der Dschungel und die sumpfigen Gebiete, aber auch die Flüsse konnten zu Hindernissen werden, wenn man einen Schlafplatz suchte. Es konnten an deren Ufern Mengen von Stechinsekten sein, die ein Rasten unmöglich machten. Egal, sie haben noch jeden Abend einen annehmbaren Platz zum Schlafen gefunden, bis auf das eine Mal auf dem Baum. Auch diesen Abend werden sie etwas finden.

Sie schaut in den Himmel und freut sich über den Sonnenaufgang. Hier ist es noch erträglich mit den 28°C und der geringen Luftfeuchtigkeit während des Tages. Wie wird es wohl weiter im Osten sein? Nun, das wird sich finden. Der Himmel war blau und keine Wolke zu sehen.

Als sie Peter so von hinten sieht, findet sie ihre gute Laune wieder, denn sie amüsiert sich über seinen Akubrahut mit dem Schwanz daran. Ist der nicht viel zu warm hier? Na, Peter muss selber wissen, was er tut. Als wenn er es gehört hätte, nimmt er seinen Hut aus Haarfilz ab und lässt ihn an der Windschnur, die er selber an den Hut genäht hatte, hängen, so dass er auf dem Rücken zu liegen kommt. Sie trägt selber einen Akubra, den sie inzwischen wieder in der Hand hält, aber einen Schwanz findet sie lächerlich. Ihre langen Haare, die sie zum Pferdeschwanz gebunden hatte, sind ja auch ein Schwanz, aber das ignoriert sie.

Es kommt leichter Wind auf und sie nimmt es gern zur Kenntnis. Bei dieser Wärme kann man einen Hauch Wind gut vertragen. Sie stolpert. Ferdi, reiß dich zusammen, konzentriere dich auf den Weg, wenn du hier fällst wird es schmerzhaft, ganz zu schweigen von den anderen Gefahren, geht ihr durch den Kopf. Sie klettert hinter Peter her, der den Hügel vor ihr herabsteigt. Der Hügel ist ein guter Nachtplatz gewesen. Sie hatten zur Abbruchkante gelegen und zur anderen Seite ein Feuer angezündet. So war es für wilde Tiere nicht möglich, an sie heranzukommen. Peter hat in dieser Hinsicht immer gute Einfälle. Nicht nur deshalb liebt sie ihn. Allerdings hatte sie in der Nacht keine Tiere gesehen oder gehört. Der Geruch von Feuer war wohl ausreichend um Tiere abzuschrecken.

„Sei vorsichtig, hier kann es von Schlangen wimmeln. Ich will dir ja keine Angst machen, aber du musst beim Absteigen höllisch aufpassen. Hinter jedem Stein hier, können sie lauern. Pass genau auf wo du hingreifst, wenn du dich abstützen musst."

Zwischen den Worten von Peter hört sie Steine den Hang hinunterrollen. „Ja, ich habe dich verstanden!" Er hat Recht, sie muss sich konzentrieren, schießt es ihr durch den Kopf. Sie setzt ihren Hut auf, denn sie braucht beide Hände um den steilen Pfad hinunter zu bewältigen.

„Ich hoffe, ich mache genug Krach um die Biester zu verscheuchen", hört sie wieder Peter unter sich, begleitet vom Purzeln der Steine. Ferdi greift nach einem Krüppelstrauch um sich festzuhalten und hört unter sich ein überraschtes „Heh!"

Peter ist angehalten und schaut zu ihr auf. „Jetzt hat mich so ein Vieh in den Schuh gebissen. Hier sind noch mehr. Bleibe da oben, ich muss erst einmal sehen wie ich hier durch die Biester alle hindurchkomme. Ich muss mich beeilen, falls die Schlange durch den Schuh gebissen hat. Aber ich spüre nichts. Warte, ich muss erst nachsehen!"

Ferdi hält die Luft an und stoppt, auch halb liegend auf ihre Arme gestützt. Bestürzt schaut sie zu ihm hinunter. Sie haben sehr festes Schuhwerk an und Peter hat auch seine Hose mit in die Stiefel eingebunden, damit keine Insekten von unten in die Hosenbeine kriechen können. Sie hofft, dass ihm nichts passiert ist. Konzentriere dich auf das hier und jetzt, denkt sie und schaut um sich herum, ob keine Schlagen auf sie lauern.

Sie hört wie Peter versucht weiter nach rechts zu kommen um seinen Schuh ungefährdet ausziehen zu können. Er schafft es und fängt an, an seinem Schuh herumzunesteln. Es dauert, denn Peter muss vorsichtig sein, damit er nicht ins Rutschen kommt.

Konzentriert schaut sie um sich herum. Nach endlos langen fünf Minuten hört sie Peter: „Alles in Ordnung, die Schlange konnte nicht durch das Leder beißen. Da habe ich wohl noch mal Glück gehabt." Er zieht seinen Schuh wieder an und ruft: „Wir können weiter! Versuche etwas mehr nach rechts zu kommen, damit du nicht auch in die Schlangengrube steigst!"

Das sollte wohl ein Scherz sein, leider überhaupt nicht witzig. Gleichzeitig hört sie Peter wieder absteigen. Vielleicht ist der Hügel doch nicht so eine gute Idee gewesen. Gestern Abend war sie froh einen Schlafplatz gefunden zu haben, denn sie war todmüde. Aber heute Morgen ist sie nicht mehr so froh. Naja, sie haben ja schon die Hälfte des Weges nach unten geschafft. Die andere Hälfte wird leichter sein, da der Weg nach unten weniger steil wird. Die letzten Meter läuft Peter hinunter und bremst sich ab, als der Pfad in die Waagerechte übergeht.

Nun steht er unten und lacht: „Na, Schatz, komm, ich fang dich auf!" Nun läuft auch Ferdi etwas schneller und steuert genau auf Peter zu, der sie auffängt, im Kreis herumschwenkt und dann auf ihre Füße stellt.

Schmollend schaut sie Peter an und zeigt ihm ihre Hände. „Schau sie dir an! Wieso ging es gestern Abend leichter?"

Er nimmt die Wasserflasche und schüttet ihr ein wenig Wasser in ihre Hände. „Es ist nicht so schlimm, schau mit dem Wasser geht nur der Schmutz weg, du bist nicht verletzt. Alles ist gut!" Er greift eine Hand und küsst sie sanft. Spontan zieht sie ihre Hände weg und meint noch immer schmollend: „Na, ist ja gut. Das nächste Mal ziehe ich die Handschuhe an, es kam so plötzlich, dass ich mich festhalten musste, da habe ich sie ganz vergessen."

Ihre Worte gehen in ein Gemurmel über, plötzlich ist es ihr peinlich, die Handschuhe vergessen zu haben. Peter scheint nicht zuzuhören, denn er schaut auf den Kompass und fragt: „Hast du noch alles? Nichts verloren? Das Buschmesser?"

„Ja, alles noch da", kommt es etwas genervt zurück. Sie ist doch kein kleines Kind mehr. „Gut, alles klar. Diese Richtung!" Er zeigt mit der Hand nach vorn.

Die Sonne steht vor ihnen und sie marschieren los. Es kann nicht mehr weit sein bis zu der Höhle. Heute Abend sollten sie sie erreicht haben. Sie hofft auf einen geschützten Platz, z. B. in einer Höhle, zum Übernachten, aber hier auf dem Plateau wird das wohl kaum möglich sein.

Vor ihnen liegt ein flaches Tal, so etwas wie eine Steppe. Hier stehen nur vereinzelt Bäume und hohes aber lichtes Gras. Endlich kann man etwas weiter in die Landschaft blicken als im dichten Dschungel, den sie gestern durchqueren mussten. Sie schreiten beide weiter aus. Sie werden in diesem Gelände schneller vorankommen. Das ist gut, aber vor allem nicht so anstrengend wie das Wegbahnen mit der Machete. Die bergige Landschaft, die sie umringt, hat sich kaum verändert. Dieses flache Tal ist eine wirkliche Erleichterung. Ferdi gibt sich wieder ihren Gedanken hin, während sie voranschreitet.

Es waren schon mehrere Stunden vergangen. Peter gibt das Tempo vor und sie passt sich an.

Was wird sie erwarten? Diese Frage hat sie sich schon hundertmal gestellt. Was wird sie in der Höhle erwarten? Peter verspricht sich eine Menge davon. Er versuchte sie zu überzeugen, und hatte es am Schluss auch geschafft. Trotzdem blieb ein kleiner Zweifel, was ist, wenn diese ganzen Mühen vergeblich waren? Sie stoppt ihre Gedanken. So kommt man nicht weiter, wenn man sich immer und immer wieder die gleichen Fragen stellt. Sie schaut nach vorne. Egal, selbst wenn es vergebliche Mühe ist, so ist es doch bis jetzt ein wunderbares Abenteuer für sie beide.

Sie stolpert, fängt sich aber und läuft gegen Peter. „Hoppla, schau mal, ich will dir etwas zeigen. Sieh mal dort links rüber, diese Bergspitze ist eine Geländemarke für uns. Genau in Richtung dieser Bergspitze müssen wir laufen, wenn wir in zwei Stunden nach Norden abbiegen. Auf jeden Fall haben wir nun unser Ziel vor uns. Wir können es sehen. Das macht mich sehr froh! Was meinst du?"

„Stimmt, du hast Recht, dieser Gipfel kommt mir auch von den Bildern bekannt vor."

Peter fällt ihr ins Wort: „Wir könnten Mittag machen. Wir suchen uns einen Baum und rasten dort."

Er schaut sich um. Fünfzig Meter weiter steht ein prächtiger Baum. Er zeigt mit der Hand: „Den nehmen wir", und marschiert wieder los. Erleichtert folgt sie ihm. Es gib eine Pause und das auch noch in einem tiefen Schatten, soweit sie es von hier erkennen kann. Welch ein Luxus! Sie kann für eine Weile den Rucksack ablegen. Es sind immerhin 30kg pro Person. Von den 30kg sind 10kg Wasservorrat, waren es jedenfalls als sie losliefen. Peter steht am Baum und inspiziert den Platz unter dem Blätterdach und legt dann seinen Rucksack ab.

Er wendet sich zu Ferdi um: „Keine Termiten oder Ameisen, auch kein Zeckennest und keine Spinnen. Wir können hier rasten." Er tritt auf Ferdi zu und hilft ihr den Rucksack abzunehmen. Er lässt ihn vorsichtig auf den Boden gleiten und Ferdi nimmt sofort ihre Wasserflasche von der Seite und trinkt, wobei sie sich zu Peter setzt. Der hat schon die Landkarte in der Hand. Er zeigt auf den Plan: „Schau, hier ist ungefähr unser Standort. Dort ist der Fluss, der genau wie wir von Westen kommt und das heißt, dass das sumpfige Gelände bald hinter uns liegt. Es kommt wohl hin, dass wir in zwei Stunden die Richtung ändern müssen. Nur noch ein kleines Stück und die Route biegt nach Norden ab. Ich bin guten Mutes, dass wir die Höhle bis heute Abend erreichen. Wenn nicht, dann sind wir ihr aber sehr nahe."

Sie lehnt sich an ihn und schließt die Augen. Also wird die Woche ihrer Reise vorerst bald vorbei sein. Zuerst mussten sie mit dem Flugzeug fliegen, dann vier Tage auf einem Dampfer verbringen, danach den Tag durch den Urwald und jetzt nur noch die Steppe. Welch eine gute Nachricht. Schon ist sie eingeschlafen. Peter bemerkt es und rührt sich nicht. Er lässt sie schlafen. Seine tapfere Frau. Er ist stolz auf

16

sie. Peter öffnet vorsichtig und leise seine Essensdose und beginnt zu essen.

Es ist inzwischen Abend geworden. Sie sind schon ein paar Stunden nach Norden gelaufen. Nun scheint die Sonne ihnen seitlich auf den Rücken. Sie müssen sich eine Übernachtungsmöglichkeit suchen. Der Himmel ist schon blutrot und die Sonne steht wie eine riesige rote Ampel auf den Berggipfeln. Es wird bald dunkel sein. Nach der üblichen Inspektion lässt Peter an einem Baum seinen Rucksack zu Boden sinken und beginnt in der Gegend herumzulaufen um Holz zu sammeln. Sie brauchen es unbedingt für die Nacht. Hier ist ein Feuer wichtig. Sie werden sich so eng wie möglich an einen Baum legen und vor sich ein Feuer brennen lassen. Er stellte seine Uhr, um in der Nacht wach zu werden, damit er neues Holz auf das Feuer legen kann. Bis jetzt waren sie noch keinem gefährlichen wilden Tier begegnet. Aber man konnte ja nie wissen. Hier sollte es Jaguare geben. Davor hatte er eigentlich keine Angst. Er war bewaffnet. Was ihm Sorgen macht sind die Spinnen, die Kammspinne und die Wanderspinne. Sie haben noch einen zusätzlichen Namen, aber den hat er im Moment nicht parat. Lanzenotter und Klapperschlange. An den Pfeilgiftfrosch und die anderen giftigen

Tiere braucht er nicht zu denken. Hier auf der trockenen Ebene wird er ihnen mit Sicherheit nicht begegnen. Hoffentlich zieht das Feuer nachts keine Schlangen an, die sich wärmen wollen. Okay, zu viel Sorgen bringt nichts. Das geht auf die Wachheit. Er muss aufpassen, wenn er Holz sammelt, dass darunter keine der unfreundlichen Spinnen sitzen. Immerhin hat er seine Handschuhe angezogen. Er hat sich etwas Neues ausgedacht, jedes Stück Holz das er sieht, stößt er erst mit dem Fuß an, wenn dort keine Spinne wegläuft, dann erst fasst er es an. Trotzdem wach und aufmerksam sein, sagt er sich ununterbrochen.

Ferdi hat es sich bereits unter dem Baum bequem gemacht, nachdem sie die Rinde und die Äste, soweit sie sehen konnte, eingehend nach Spinnen abgesucht hat. Natürlich weiß sie über die Tiere in diesem Land Bescheid. Aber hier auf der Ebene ist es nicht ganz so gefährlich wie im Dschungel. Den haben sie ja jetzt zum Glück schon weit hinter sich.

Das Häufchen mit dem trockenen Holz wird größer, bis Peter das Gefühl hat, dass es nun genug sei. Er beginnt ein Feuer zu machen, um das Abendbrot zu kochen und setzt die Bohnen auf das Feuer. Es wird eine Weile dauern bis sie gar sind. Er setzt sich zu seiner Frau. Sie betrachten schweigend die Sonne wie sie hinter dem Bergzug verschwindet. Nun ist es dunkel und nur das Feuer gibt Licht. Die letzten Stunden gehen ihm durch den Sinn. Sie waren auf den Berg zugelaufen, aber es schien, als wenn der Berg immer weiter vor ihnen zurückwich. Jedenfalls schafften sie es bis zu diesem Punkt und morgen würden sie endlich die ersehnte Höhle erreichen.

Noch eine Weile und die Bohnen sind gar und sie können Essen. Der Rest würde dann für das Frühstück reichen. Morgen würden sie endlich am Ziel sein. Endlich!

Sein Wecker in der Armbanduhr weckt ihn. Das Feuer ist heruntergebrannt. Er will schon aufstehen, da sieht er die Viper zwischen seinem Schlafsack und dem Feuer. Vorsichtig zieht er die Beine an und robbt mit dem Schlafsack etwas in Richtung Feuerholz. Er zieht die Handschuhe an und nimmt von dem Holz und wirft es ganz vorsichtig auf das Feuer. Wenn das Feuer wieder größer wird, würde die Viper eventuell weiterkriechen, da es ihr zu warm wird. Er will jetzt nicht auf die Viper schießen, dass würde Ferdi wecken und vor allem erschrecken. Er wartet bis das Feuer das neue Holz anbrennt. Es schlagen schon kleine Flammen hoch. Es wird nicht mehr lange dauern, dann brennt das Holz lichterloh und es wird heißer werden. Gott sei Dank haben sie das Feuer. Ohne Feuer wäre wahrscheinlich die Viper nicht erschienen oder was sehr wahrscheinlich war, sie wäre an oder in einen der Schlafsäcke gekrochen. Das hätten sie im Schlaf nicht bemerkt. Das Feuer wird größer, die Schlange bewegt sich. Es wird ihr tatsächlich zu heiß. Wo wird sie sich hinbewegen? Zu den Schlafsäcken oder in die Nacht hinaus. Wenn sie zu ihnen kriechen wird, wird er sie töten müssen. Leise flüsterte er: „Geh in die Nacht, oder ich muss dich töten. Geh in die Nacht, es ist dein Leben!"

Die Viper beginnt nun zu kriechen. Peter hat seinen Revolver in der Hand, den Hahn gespannt. Doch die Viper hat wohl genug von ihrem Besuch bei den Menschen und kriecht in die Dunkelheit. Peters Herz klopft. Kann er nun wieder Schlafen, oder kommt das Tier zurück, fragt er sich. Während er den Hahn vom Revolver entspannt sagt er sich, er braucht seinen Schlaf. Er stellt im Licht des Feuers seine Uhr. Nun kann er sicher sein, dass er früher wach wird, bevor das Feuer soweit wie vorhin heruntergebrannt ist. Er kriecht mit seinem Schlafsack zurück und nimmt ein paar Holzstücke mit, nicht ohne sie vorher auf Spinnen untersucht zu haben, damit er sie griffbereit hat, beim nächsten Erwachen.

Die Sonne weckt sie, das Feuer ist heruntergebrannt und Peter versteht nicht warum er nicht mehr wach geworden ist. Wahrscheinlich ist er zu müde gewesen. Er schaut auf seine Uhr und sieht, dass er eine Weckzeit aber nicht den Tag eingestellt hat. Er wird Ferdi nichts von dem nächtlichen Besucher berichten. Er freut sich schon auf den Rest der Bohnen. Noch einmal sieht er sich vorsichtig um, aber keine Besucher sind zu sehen. Alles ist gut.

Ferdi guckt ihn an: „Du bist schon wach? Wie kommt das denn. Ah, ich verstehe, das Ziel ist nahe! Es lässt dich nicht mehr ruhen!" Sie lächelt. Ja, ihr Mann war eigentlich ein Langschläfer, aber wenn er etwas vorhatte, konnte er von jetzt auf gleich loslegen.

Peter wirft die nahe bei ihm liegenden Holzstücke auf das Feuer und schält sich aus seinem Schlafsack, rollt ihn zusammen und verstaut ihn im Rucksack. Ferdi tut es ihm gleich, schaut wieder zu ihm hin und meint immer noch lächelnd: „Guten Morgen mein Schatz, heute geht's aufs Ganze. Ich hoffe, du hast gut geschlafen." Ein Brummen kommt zurück und dann tritt er auf sie zu und streicht ihr über das Haar. „Ja, heute geht es aufs Ganze, mein Schatz. Auch dir einen guten Morgen und einen guten Tag. Es wird heute bestimmt spannend." Er küsst sie auf die Wange und dreht sich zum Feuer.

Die Bohnen sollten jetzt aufs Feuer, damit sie gleich essen können. Während er das Frühstück vorbereitet, kämmt sie sich ihr dunkelblondes Haar und bindet sich wieder einen Pferdeschwanz. Danach packt sie Plastikteller und Löffel aus und wartet geduldig bis die Bohnen warm sind. Das Essen ist fertig und danach auch schnell aufgegessen.

Es ist Mittag, die Sonne steht hoch und Peter setzt seinen Fuß auf den ersten Stein am Fuß des Berges. Er steht dort wie ein Eroberer und zeigt nach oben: „Hier müssen wir hoch, die Felsen und Sträucher sehen genauso aus, wie ich es im Traum gesehen habe. Wollen wir hoch, oder willst du erst Mittag machen? Ich kann es kaum noch erwarten!"

„Schatz, ich verstehe dich doch, aber lass uns erst Mittag machen. Wir wissen nicht was uns oben erwartet. Hier unten ist es eben und wir können uns in Ruhe hinsetzen und Essen. Es ist besser so, glaube mir."

Peter weiß, dass sie Recht hat. Er nimmt den Fuß vom Felsen und nickt mit dem Kopf: „Ja, natürlich, ich bin nur so ungeduldig. Aber gut, lass uns Essen!"

Beim Essen und vor allem beim Trinken geht es Peter nicht schnell genug. Ferdi nimmt es wohlwollend zur Kenntnis. Als Peter den letzten Bissen in den Mund geschoben hat und seine Feldflasche wieder an den Rucksack hängt, meint Ferdi munter: „Gut, du willst nicht mehr länger warten. Es ist okay. Machen wir uns an den Aufstieg. Geh voran, ich werde versuchen in deine Fußstapfen zu treten. Du bist der Bergführer. Ich folge dir! Aber eines musst du mir versprechen. Pass auch hier auf die Schlangen auf, bitte!"

Ein Freudeschauer geht über Peters Gesicht. Er nickt und brummt: „Natürlich. Ich werde ganz wach sein. Gut, dass wir gegessen haben. Magenknurren hätte mich vielleicht abgelenkt." Er ergreift seine Sachen, noch während er seine Handschuhe anzieht, ist er dabei die erste Steigung zu erklimmen.

Der Berg besteht fast nur aus Geröll. Bei den ersten Tritten rutschen die Füße wieder nach unten weg. Hier stehen noch ein paar Sträucher an denen er sich festhalten kann und Gräser, aber je weiter sie hinaufkommen, desto kahler wird der Hang. Aber auch das Geröll wird weniger. Es treten mehr die Felsen hervor. Peter bekommt immer sichereren Tritt und Ferdi kann besser folgen. Der Hang ist nicht wirklich steil, aber trotzdem müssen sie ihre Hände zur Hilfe nehmen.

Peter folgt dem Weg aus dem Gedächtnis, so wie er ihn in den vielen Träumen gesehen hatte. Nach gut einer Stunde kommen sie auf eine kleine Plattform. Sie ragt aus dem Berg wie ein Balkon ohne Brüstung. Beide lassen sich darauf nieder. Hier haben sie ein wenig Schatten, da die Sonne noch im Zenit steht. „Wir müssten eigentlich da sein. Ich verstehe das nicht. Hier müsste eigentlich der Eingang sein. Siehst du etwas, Ferdischatz?"

Er geht an die Felswand und fasst sie an, und tastet sich immer weiter um den Berg. Ein freudiger Ruf kommt von ihm. „Ich habe es gefunden! Schau, es ist eine Wand vor dem Eingang, man muss seitlich hinein. Von vorne sieht man es nicht und von da wo wir gekommen sind, auch nicht. Jetzt ist alles gut. Komm wir rasten im Eingang, da ist es kühler!"

Ferdi steht schon hinter ihm und betrachtet den Quereingang in den Berg. Sie legt ihren Rucksack ab und legt sich auf den ebenen Fußboden: „Ja, machen wir Pause! Ich brauche das jetzt!" Sie schließt die Augen und fünf Minuten später ist sie eingeschlafen.

Peter lächelt. Er wird sie schlafen lassen. Jetzt fällt die ganze Anspannung ab. Wir haben die

24

Höhle tatsächlich gefunden. Seine Gedanken gehen zurück.

Er hatte geträumt. Ferdi hatte gefragt: „Hast du gut geschlafen?" Er hatte geantwortet: „Ja, und ich habe wunderbar geträumt! Stell dir vor, ich habe von einer Höhle geträumt. Sie war irgendwie wunderbar. Aber was da noch war, habe ich schon wieder vergessen."

Am nächsten Morgen war ihm beim Aufwachen bewusst, dass er wieder von der gleichen Höhle, wie gestern, geträumt hatte. Es waren dort wunderbare Wesen gewesen. Sie sind sehr liebevoll im Traum gewesen. Es waren nur Stimmen und sie hatten ihn gebeten, ja ihn ermuntert, sie zu besuchen. Wieder hatte er es Ferdi erzählt, aber sie hatte nur mit einem Ohr zugehört und so schob er es zur Seite. Das Frühstück rief und so vergaß er es über den Tag.

Am nächsten Morgen erwachte er wieder mit dem Traum von der Höhle. Er wusste noch genau, was sie gesagt hatten: „Es gibt mehr Lebewesen auf der Erde, als man es dir in der Schule beigebracht hat. Es ist für dich wichtig sie zu sehen. Du hast eine Aufgabe im Leben, die nur du hier erfüllen kannst. Komm uns besuchen. Dein Bewusstsein wird sich erweitern. Du hast immer die Liebe gesucht. Hier kannst du die unpersönliche Liebe beginnen zu lernen. Aber du musst mutig sein. Wenn du erst die unpersönliche Liebe erfahren hast, wirst du nie mehr Angst haben. Wenn du alles liebst, kannst du alles erreichen!"

So, oder ähnlich hatten sie zu ihm gesprochen. Peter fand das ja alles ganz nett, aber er hatte nicht die geringste Lust irgendwo hinzugehen. Sein Geschäft lief gut, warum sollte er irgendetwas tun, was sein Geschäft eventuell vermindern würde. So hatte er erst einmal alles zur Seite geschoben und sich seiner Arbeit gewidmet. Tage später hatte er wieder von der Höhle geträumt und von den Wesen. Sie hatten ihm liebevoll erklärt, dass es seine Aufgabe sei, die er selber, vor seiner Inkarnation, gewählt hatte. Es wäre nun die Zeit gekommen, an der er seine Aufgabe angehen sollte. Seine Firma würde nicht darunter leiden. Er hat in der Vergangenheit gut vorgesorgt. Es wäre für ihn Zeit zu kommen, um seine Aufgabe anzugehen.

Was Peter wunderte, war, dass er sich in keiner Weise genervt fühlte von diesen Träumen. Ganz im Gegenteil, er fand immer mehr Gefallen an der Idee ein großes Abenteuer zu wagen. Sein Geschäft lief wunderbar, fast von alleine, da er einen Alleinvertrieb für bestimmte Maschinenteile besaß. Er hatte sich einen Namen gemacht und die Bestellungen liefen von selber. Er begann mit der Zeit sich mit der Idee diese Höhle

26

aufzusuchen, zu beschäftigen. Was ihn eigentlich störte an dieser ganzen Geschichte war, dass er im Traum keine Fragen stellen konnte.

Tage später hatte er wieder ein Gespräch im Traum mit den Wesen. Sie hatten wohl bemerkt, dass er begann sich mit dem Gedanken anfreundete und ihn nicht mehr zur Seite schob. Daraufhin riet man ihm, eine Meditation zu lernen. Es wurden ihm sogar Seiten im Internet empfohlen. Das machte ihn neugierig und er begann dort nachzuschauen. Zu seiner großen Überraschung fand er diese Seiten tatsächlich im Internet und begann sie aufmerksam zu lesen. Nachdem er die Meditation ausprobiert hatte und merkte, dass es in keiner Weise schwer ist, begann er sie regelmäßig auszuüben. Nach einiger Zeit fragte ihn Ferdi was mit ihm sei, er wäre in der letzten Zeit immer so gut gelaunt und fröhlich. Sie fragte ihn direkt ob er eine Geliebte hätte. Wenn er daran zurückdenkt, muss er lächeln. Ja, so ist das gewesen, Ferdi war immer geradeaus. Daraufhin hatte er sie gebeten, dass sie am Nachmittag in Ruhe darüber sprechen könnten. Er hatte eine Geliebte nicht verneint. Dann wäre möglicherweise das Interesse erlahmt, aber er brauchte die volle Aufmerksamkeit seiner Frau.

Ferdi gähnt, schlägt die Augen auf: „Sag mal, habe ich geschlafen?" „Ja, mein Schatz. Wie fühlst du dich?" „Ich glaube ich bin wieder fit, wir können weiter. Warst du schon in der Höhle?" „Nein, ich habe dich beim Schlafen beobachtet!" Er lächelt.

Ferdi verzieht das Gesicht und steht auf. „Wir können das Gepäck hierlassen, glaube ich. Es liegt nicht in der Sonne. Vielleicht kommen enge Stellen in der Höhle, ohne Gepäck sind wir beweglicher." „Wie du meinst, aber lass uns die Lampen mitnehmen. Wasser wäre auch nicht schlecht und das simultane Übersetzungsgerät."

Er merkt, dass sie zögert. „Was ist Schatz?" „Nichts!" „Nun sag schon, was ist mit dir?" Er nimmt sie in den Arm. „Ach weißt du, ich bekomme Zweifel ob das alles so richtig ist, was wir hier machen! Ich meine, der Marsch hierher war schon in Ordnung, so etwas kann ich überblicken. Aber was wir jetzt vorhaben, ich weiß nicht. Mir wird so ein wenig mulmig." „Soll ich alleine hineingehen? Ich könnte ja erst einmal die Lage sondieren?" „Nein, es geht schon, ich werde dich doch jetzt nicht alleine lassen!" „Was sagt denn dein Bauch?" „Mein Bauch sagt gar nichts, es ist eher der Verstand, der mir sagt, es nicht zu tun."

Sie räuspert sich, knipst die Taschenlampe an und sieht ihn forsch an: „Komm, wir gehen. Es ist schon in Ordnung, das hätte ich mir eher überlegen sollen. Jetzt packen wir es auch an." „Gut, gehen wir. Wir können ja jederzeit zurück. Geh hinter mir her. Ich sehe ob eventuell hier Tiere wohnen, die wir kennen und nicht so gerne haben." Damit knipst er die LED hunderttausend Lumen Taschenlampe an. Sofort ist alles in helles Licht getaucht, obwohl sie aus der blendenden Sonne kommen, können sie jede Unebenheit im Boden und in den Wänden erkennen.

Ferdi geht hinter Peter her und schaut ununterbrochen nach oben. Sie mag keine Spinnen. Sie hat früher Angst vor Spinnen gehabt. Aber seit sie mit Peter mitmeditiert hat, verlor sie langsam die Angst. Heute nimmt sie ein Glas und stülpt es über das Tier und schiebt ein Stück Pappe darunter um auf diese Weise die Spinne hinauszutragen und in den Garten zu werfen. Aber hier war es etwas Anderes. Hier waren die Biester hochgiftig. Da hat sie schon ordentlich Respekt. Die Höhle ist nicht sehr groß, vielleicht hundert Quadratmeter und gut zu überschauen. Sie ist ungefähr drei bis fünf Meter hoch.

Peter dreht sich um und erklärt: „Die Höhle ist leer, nichts und niemand hier!" Ich denke, wir werden erst einmal meditieren und es uns hier gemütlich machen. Ich erkenne die Höhle wieder. Sie ist schon die Höhle aus meinem Traum, aber da war sie größer, weil noch mehrere Räume sich anschlossen. Es ist besser erst darüber zu meditieren. Erklären kann ich es nicht, aber wir sind ja erst angekommen. Machen wir es uns hier drinnen gemütlich. Wir wussten, dass wir das Unerwartete erwarten müssen. Ich glaube wirklich, es ist ganz gut, wenn wir uns ausruhen. Später erkenne ich vielleicht mehr!" Er geht zum Ausgang und holt die beiden Rucksäcke hinein und stellt sie an eine Wand.

Ferdi geht sofort an ihren Rucksack und kramt darin herum. Fünf Minuten später steht eine Kerze im Raum und verbreitet gemütliches Licht. „Du hast unsere Meditationskerze eingepackt. Das ist aber sehr lieb von dir. Da fühlt man sich gleich zu Hause. Hast du vielleicht auch noch ein Räucherstäbchen dabei?" „Wie der Herr wünschen, sie liegen schon bereit! Ich setzte mich in meinen Schlafsack und stell mir den Rucksack in den Rücken. Wenn ich müde werde, kann ich gleich in ihn hineinkriechen und schlafen. Ich sage schon mal bis nachher, oder bis Morgen!"

Damit setzt sie sich im Schneidersitz in ihren Schlafsack und schließt die Augen. Peter nickt nur und macht es sich auch bequem indem er es ihr nachmacht. Er löscht die Kerze mit einer

30

Hand. „Na, dann bis später", brummelt er und macht die Augen zu.

Als er die Augen aufschlägt ist es dämrich in der Höhle, durch den Eingang kommt schon fahles Licht, erstaunlich denkt Peter. Wir haben den ganzen Nachmittag und die Nacht geschlafen! Doch was ist das? Er setzt sich auf, ihm gegenüber sitzt eine Person an der Wand und lächelt ihn lieb an.

„Ich bin Dornath und begrüße dich. Du bist überrascht, dass ich hier bin? Wenn du mit deinen Gedanken bei uns bist, dann werden wir erscheinen. Lass mich dir einen Rat geben, sei nie wieder überrascht".

Er lächelt. „Wir freuen uns, dass ihr gekommen seid. Es war für euch wichtig, dass ihr euch erst einmal ausgeruht habt. Ich werde jetzt gehen und komme wieder wenn es heller Tag ist. Du kannst Ferdi informieren. Denn wir haben heute ein ausgefülltes Programm für euch vorgesehen, das bis zum Sonnenuntergang geht. Ihr könnt dann hier in eurer Höhle noch den Sonnenuntergang genießen. Bis in drei Stunden." Mit seinem Lächeln verschwindet er. Ja, er löst sich tatsächlich vor seinen Augen auf.

Peter reibt sich die Augen. Träumt er noch? Er kneift sich. „Au!" Nein, er scheint tatsächlich wach zu sein. Er kriecht aus seinem Schlafsack und zündet die Kerze von gestern Abend wieder an. Er schaut sich in der Höhle um. Er kann keine Spinne entdecken. Er hebt seinen Schlafsack an. Nein, keine Schlange liegt unter ihm. Er umrundet vorsichtig Ferdi, aber auch hier kann er an ihrem Schlafsack nichts entdecken. Peter nimmt sich seine Wasserflasche und verlässt die Höhle. Draußen schaut er über das Plateau auf den Hang und die Ebene. Aber auch hier ist kein Tier zu sehen.

Nun gießt er sich etwas Wasser in seine Hand und reibt es sich ins Gesicht. „Etwas Katzenwäsche muss sein", murmelt er.

Er wird schon mal den Tee für das Frühstück zubereiten. Er schaut nach links und sieht hinter der Bergkette den Schein der Sonne. Sie wird gleich dort aufgehen. Dann ist dort Osten und rechts wird die Sonne untergehen. Phantastisch, sie werden Sonnenaufgang und Sonnenuntergang von hieraus sehen können. Er geht wieder leise in die Höhle und öffnet den Rucksack von Ferdi. „Was machst du an meinem Rucksack?", kommt es verschlafen aus dem Schlafsack.

„Schatz, ich koche schon mal den Tee." „Ja, gut. Sag mir wenn er fertig ist." Peter klappt den kleinen Gaskocher auf und schüttet Wasser in den kleinen Topf. Das Teesieb legt er bereit und schüttet den Tee ins Sieb legt es in das kochende Wasser. Er schaut auf seine Armbanduhr. Eine

Minute, das reicht. Er dreht das Gas ab und legt das Teesieb auf eine Tasse.

„Der Tee ist fertig, du kannst dich heraustrauen." Heute war ich mal vor dir auf. Er packt Proviant aus und als Ferdi endlich aus dem Schlafsack kriecht ist alles zum Frühstück bereit.

„Mh, das lasse ich mir gefallen. Können wir es nicht jeden Morgen so machen? Nein?" Sie guckt ihn mit verschlafenen Augen an. „Ist wohl zu viel verlangt? Trotzdem guten Morgen. Ich habe wunderbar geschlafen, nur die Matratze war ein bisschen hart, aber sonst ganz brauchbar."

Sie reckt sich und greift nach ihrem Becher. Peter hat sich auch auf seinen Schlafsack gesetzt und schaut vergnügt zu ihr herüber. Er spricht ein kurzes Gebet und beide beginnen zu essen.

„Wir hatten schon Besuch, heute Morgen." „Was?" Ferdi hört auf zu kauen und schaut ihn erschrocken an. „Hast du es getötet und über die Brüstung geschmissen?"

Peter lacht. „Nein, Schatz. Es war kein Tier. Es war Dornath. Er kommt in etwa zwei Stunden wieder und holt uns ab. Er sagte, dass wir heute einen vollen Terminplan haben, der bis zum Sonnenuntergang reicht. Das hört sich doch schon sehr interessant an. Ach, noch etwas, was du wissen musst. Er kommt immer direkt aus der Luft. Das heißt er materialisiert sich hier.

Daran müssen wir uns wohl gewöhnen. Also sei nicht überrascht."

Sie sieht ihn argwöhnisch an. „Du verkohlst mich nicht?" „Nein, bei meiner Ehre. Du kannst es dir wie einen Propeller vorstellen, je schneller er sich dreht, desto unsichtbarer wird er scheinbar. Trotzdem ist er noch da. Wesen wie Dornath können ihre Schwingungsgeschwindigkeit so anheben, dass sie unsichtbar werden. Aber, du wirst es ja gleich selber erleben. Wir beginnen schon etwas zu lernen und unser Bewusstsein zu erweitern. Es geht wirklich sehr spannend los."

Ferdi weiß noch nicht, was sie von den Worten halten soll. Dass es sich spannend anhört, gibt sie ja zu, aber alles andere? Ihre Gedanken werden unterbrochen. „Ich sehe mich draußen ein wenig um, wir müssen irgendwo einen Platz finden, den wir als WC nutzen können. Ich bin gleich wieder da."

Peter verlässt die Höhle, kommt aber gleich wieder zurück. „Was ist, hast du etwas vergessen?" „Nein, komm bitte mit hinaus. Du kannst einen wunderschönen Sonnenaufgang erleben!" Schon ist sie hoch und kommt mit ihrem Becher in der Hand nach draußen. Sie sieht wie die Sonne langsam über den Bergkamm nach oben steigt. Das Licht ist golden mit einem leichten Rotstich und einem wunderbaren Übergang ins Himmelblaue. Es ist fast überirdisch.

„Phantastisch! Wunderbar!" ruft Ferdi und schaut fasziniert in die Sonne. Noch sticht sie nicht in die Augen. Aber schnell wird das Licht weißer und weißer und die Sonne steigt schon höher in den Himmel. Das Himmelsrot verliert sich und das Himmelsblau zieht sich langsam über den ganzen Himmel, kein Wölkchen ist zu sehen.

„Das ging aber schnell. Ganz wundervoll." Ihre Tasse schwappt ein wenig über, da Ferdi begeistert nach links vorne zeigt. „Ist das nicht ein klasse Platz für unseren Bungalow? Hier können wir jeden Tag den Sonnenaufgang und den Sonnenuntergang bewundern. Was für ein göttlicher Ort. Ja, den hast du gut ausgesucht, mein Lieber Ehemann. Respekt. Du bist doch zu etwas zu gebrauchen."

Ferdi guckt ihn neckisch an. „Ich werde dir gleich zeigen zu was ich noch tauge, du!" Er kommt auf Ferdi zu und sie läuft quiekend in die Höhle. Er lacht. Er freut sich, dass sie sich freut, dann haben sich die ganzen Strapazen gelohnt. Aber nun muss er einen Platz für sie beide finden, den sie als WC nutzen können.

Er verlässt das Plateau und klettert ein wenig zur Seite, höher auf den Berg. Immer wieder schaut er sich um, um einen Platz zu finden, aber auf dieser Seite des Berges scheint es keine brauchbare Möglichkeit zu geben. Also geht er wieder zurück und probiert es auf der anderen Seite. Plötzlich sieht er einen kleinen Felsvorsprung, der ihn interessiert und er schaut ihn sich genauer an. Dahinter ist eine schmale Rinne, die sehr steil nach unten führt. Hier könnte man es probieren. Er probiert es sofort aus, setzt sich auf den Stein und tatsächlich es geht sehr gut, wenn man keine Angst vor der Höhe hat. Aber die ist ja in seinem Rücken und sollte nicht stören. Er wird es sofort Ferdi mitteilen. Sie wird selber entscheiden müssen, ob sie diese Gelegenheit nutzen kann und will.

Als er zurück in die Höhle kommt, hat Ferdi bereits alles aufgeräumt und die Schlafsäcke zusammengerollt. Alles steht geordnet an der Höhlenwand.

Peter erklärt Ferdi was er gefunden hat und beiden gehen zurück um es sich anzusehen. „Du musst selber entscheiden, ob du das nutzen willst!" „Was genau meinst du? Ich sehe nichts! Was genau soll es denn sein?" „Ich zeige es dir!" Peter geht auf den kleinen Felsen zu, setzt sich darauf und breitet die Arme aus. So hat er Halt an den Felswänden, rechts und links. „Geh´ mal zur Seite. Ich werde es gleich ausprobieren. Sie setzt sich so wie sie es bei Peter gesehen hat und meint: „Okay, wenn ich die Augen schließe, dann wird es gehen. Ich glaube, ich werde mit dir noch zu einer richtigen Abenteuerin." Sie steht wieder auf. „So, nun verschwinde du mal, ich werde es gleich nutzen!" Mit einem „Okay!", dreht sich Peter um und klettert ein Stück zur Seite.

Die Sonne brennt schon herab, nach einer Weile erscheint Ferdi und die beiden gehen wieder in die Höhle. Wie immer holt sie sich ein wenig Wasser und wäscht sich die Hände.

Sie setzen sich auf ihre Schlafsäcke und warten. Nach fünf Minuten erscheint Dornath mitten in der Höhle. Ferdi starrt ihn ungläubig an. „Ich freue mich nun euch beide wach zu sehen. Ich danke auch dir, Ferdi, dass du mitgekommen bist. Gleich wird meine Begleiterin erscheinen. Sie heißt Sorana. Sie wird deine persönliche Begleiterin sein. Sie ist sehr liebenswert und liebt und achtet euch Menschen. Ich werde Peter begleiten. Natürlich werden wir alle zusammen gehen."

Tatsächlich taucht im dem Moment eine weitere Person aus dem Nichts auf. Dornath stellt beide vor: „Das ist Sorana und hier ist Ferdi."

Sorana verneigt sich und sagt mit glockenheller Stimme: „Ich grüße die tapferen Menschen des Planeten Erde und freue mich sie persönlich kennenzulernen." Dabei verneigt sie sich ein weiteres Mal leicht.

Ferdi antwortet: „Auch ich freue mich, dich, Sorana kennenzulernen." Sie lächelt Sorana an und diese, in einem langen weißen Kleid, tritt an Ferdi heran. „Wir alle vier werden nun etwas unternehmen, wie wir Peter schon im Traum erklärt haben, gibt es viele Wesen auf diesem Planeten, die euch nicht bekannt sind, höchsten aus Märchen. Aber damit nicht genug. Wir werden versuchen, euch auch noch ein paar kosmische Wesen, näher zu bringen. Aber wir möchten sie euch nun vorstellen, wenn auch nur zuerst auf einem Bildschirm und Bildern. Seid ihr bereit?"

Peter ergreift das Wort, wobei er Ferdi anschaut: „Ja, wir sind bereit", denn Ferdi hat ihm zugenickt. „Gut, dann folgt mir!" Dornath geht langsam auf die hintere Wand der Höhle zu und auf einem Male ist die Wand verschwunden und Peter und Ferdi können eine weit größere Halle erkennen, die sich an die Höhle anschließt. Dornath geht langsam weiter und macht mit dem Arm eine Geste, die andeutet, dass alle nun ihm, in die größere Höhle, folgen sollen.

„Ihr fragt euch sicherlich, wer wir sind und warum wir dich, Peter zu uns gerufen haben. Nun, zum einen hast du eine Lebensaufgabe und wir wollen dir helfen, dass du beginnst dich

38

wieder daran zu erinnern. Die Lebensaufgabe, die jeder mitbekommt, der hier auf der Erde inkarniert, ist einfach nur glücklich zu sein. So sollte es sein, denn es ist von Gott gewollt. Die Menschen hatten sich vor Urzeiten entschlossen, zu erfahren wie es ist, ohne Gott zu leben. Sie schlossen Gott aus ihrem Leben aus. Gott war zwar einverstanden, da er den freien Willen der Menschen respektierte, aber er hatte doch große Zweifel, ob es wirklich gut sei. In dem Maße wie sich die Menschen von Gott entfernten, wurden sie durch dunkle Mächte verführt, betrogen und hintergangen. Die Menschen kannten keine dunklen Mächte und glaubten ihnen. Dadurch verloren die Menschen nach und nach ihre göttlichen Fähigkeiten und gerieten immer mehr in Ängste, die sie vorher nicht kannten, in Nöte und Mangel, die sie vorher auch nicht kannten. So geriet die Menschheit immer tiefer in die Dunkelheit.

Aber nun will die Menschheit, ihre höchsten Selbste wieder zurück zu Gott, sie haben genug von Mord, Tod, Leiden und Krankheit und wollen zurück zu Gott und in die Freude und Herrlichkeit, zurück ins Licht. Gott hatte sich zurückgehalten in der Vergangenheit, da es mit den Menschen so abgemacht war. Nun aber ist Gott wieder auf der Erde und wird die Menschen aus allem Elend befreien. Die Menschen sind göttliche Wesen und werden im ganzen Kosmos verehrt. Sie waren die mutigsten Wesen, denn sie hatten sich mit der Dunkelheit eingelassen und lernten mit ihr zu leben. Sie erhalten nun nicht nur ihre göttlichen Fähigkeiten langsam wieder zurück, sondern haben sich über tausende von Inkarnationen, die sie in der Dunkelheit lebten, andere Fähigkeiten erlernt. Auch du hast viele tausende von Inkarnationen erlebt, auch mit den schrecklichsten Qualen. Das alles ist in dir gespeichert, dein Wissensschatz und Erfahrungsschatz ist unermesslich. Wenn es nach Gott gegangen wäre, hättet ihr niemals leiden müssen.

Deine weitere Lebensaufgabe, die du vor deiner Inkarnation angenommen hast, wird sich dir in naher Zukunft erschließen.

Die Zeit ändert sie rasant, dadurch das Gott wieder auf der Erde ist, Wir sind auf eurem Planeten, weil wir mithelfen wollen, die Menschen wieder zu erwecken. Mit anderen Worten, euer Planet, mit allen seinen Bewohnern, ist in ein neues Zeitalter eingetaucht.

Drittens, auch Planeten entwickeln sich, da auch ein Planet einen Geist hat. Nichts im Universum ist unbelebt, alles ist belebt. Euer Planetengeist will sich auch weiterentwickeln und hat sich bereits weiterentwickelt und die lähmenden Kräfte der Dunkelheit abgeschüttelt durch Gottes Hilfe. Der Geist der Erde ist weiblich, denn sie ernährt alle Wesen, die auf ihr leben und die zu ihr gehören, in Liebe. Da sie aber von den Menschen auch tief verletzt wurde und immer noch wird, und tief meine ich da wörtlich, und der Raubbau ihr viele Substanzen nimmt, die sie selber zum Überleben braucht, hatte sie in der Vergangenheit im Universum um Hilfe gebeten und Hilfe hat sie auch erhalten, wie ich bereits sagte. Mutter Erde hat bereits einen weiteren Bewusstseinsschritt gemacht. Ihr werdet es auch selber bald sehen, es werden ungekannte Tiere auftauchen. Ihr werdet Vögel hören, die wunderbare Melodien aus den Lüften hören lassen. Ebenso werden Bäume aus größter Vergangenheit wieder entstehen. Bäume, die ihr noch nie gesehen habt.

Auch aus diesem Grund sind wir hier. Das Bewusstsein der Menschen hebt sich sehr schnell an und muss sich auch sehr schnell anheben, damit die Erde und die zu ihr gehörenden Lebewesen, weiterleben und sich rasch in Richtung einer höheren Bewusstseinsebene, oder auch bei den Menschen Erleuchtung genannt, weiterentwickeln können. Viele Lebensmenschen sind in der letzten Zeit, nach dem, wie ihr ihn nennt, zweiten Weltkrieg, auf

41

eurem Planeten geboren worden, die sich wieder schnell zu Gott hin entwickeln wollen. Auch du Peter, gehörst zu diesen Menschen und hast bevor du geboren wurdest, eine Lebensaufgabe übernommen. Du bist dir dessen noch nicht wieder bewusst, aber in deinem Unterbewusstsein weißt du es. Denk einmal an deine Kindheit, dir wurde immer in deinem Innern gesagt: Keine Gewalt! Erinnerst du dich?"

Peter sieht Dornath erstaunt an: „Ja, du hast es auch immer befolgt, sogar als man dich zum Kampf aufgefordert hat, hast du es nicht getan, denn du wurdest beschützt."

Erinnerungen blitzen in Peter auf, wie war das damals noch bei der Bundeswehr? Schlagartig gehen seine Gedanken zurück.

Ich war im Zug 3, der Kompanie und war Sanitäter und gehörte zu einer selbständigen Panzerjägerkompanie 320. Ich stand in meinem Zimmer mit drei andern Zimmerkameraden. Plötzlich ging die Tür auf und drei andere Soldaten aus einem anderen Zug betraten das Zimmer. Es war Sommer und die Sonne schien diesen Nachmittag in unser Zimmer. Es war warm im Raum und man unterhielt sich ungezwungen. Es war Freitag und in zwei Stunden würden einige der Kameraden nach Hause fahren, ich natürlich auch, denn ich hatte keinen Dienst im Sanitätsbereich.

„Hallo Kollegen, wir wollen mit eurem Sanitäter sprechen." Erstaunt sah ich die drei anderen Soldaten an. Ich kann mich nicht erinnern sie zu kennen. „Mein Freund will dich zum Boxkampf auffordern. Nach den Regeln!" Ziemlich uninteressiert sah ich die drei an. Der Sprecher zeigte auf einen seiner beiden Freunde. „Nimmst du es an oder willst du dich drücken?", fragte er leicht aggressiv. Ich war sportlich ganz gut und war ein wirklich guter Sprinter. Meine Zeit im Einhundertmeterlauf konnte sich sehen lassen. Sie lag bei elf Sekunden. Der Weltrekord lag bei zehn Komma vier Sekunden. Ohne mir die Konsequenzen zu überlegen, sagte ich ziemlich uninteressiert: „Ja, okay. Wann soll das vonstattengehen?" Die Antwort kam prompt: „Nächste Woche Mittwoch, so um diese Uhrzeit!" Der Sprecher war wohl zufrieden und ging mit seinem Kämpfer und der dritten Person wieder aus dem Zimmer. Ich konnte mir darauf keinen Reim machen und dachte mir, ich müsste mir dann wohl mal die Regeln ansehen, damit ich Bescheid weiß. Aber eine Stunde später hatte ich die drei schon vergessen, ich war dabei meine Tasche zu packen und mich auf den Weg zur Hauptstraße zu machen, denn ich wollte per Anhalter mitgenommen werden. Soldaten wurden gerne mitgenommen. Ich ging also mit meiner Tasche in der Hand zur nächsten Hauptstraße und wurde auch schnell aufgelesen und ich durfte mitfahren bis zur Bundesstraße. Hier musste ich wieder auf ein Fahrzeug hoffen, dass mich mitnahm. Das Wetter war gut und bald hielt wieder ein Auto und nahm mich mit. Ich setzte mich vorne neben den Fahrer und freute mich auf zu Hause. Mit dem wenigen Sold, den ich als Wehrpflichtiger bekam, konnte ich mir keine Zugfahrt leisten.

Wir waren noch nicht weit gefahren, da zog der Fahre einen ziemlich großen Dolch aus seiner Mittelkonsole und fragte mich, was ich davon hielte. Ich sah mir das Teil völlig interessiert an und antwortete: „Ein sehr schönes Stück, ist es eine Antiquität?" Etwas irritiert meinte der Fahrer: „Ja, ein Erbstück."

In meiner Heimatstadt hielt der Fahrer an, ich verließ das Fahrzeug und suchte mir eine Bushaltestelle um zu mir nach Hause zu gelangen. Erst im Bus wurde mir klar, dass das eine gefährliche Situation hätte werden können, wenn ich nicht so völlig naiv auf die Frage geantwortet hätte. Ja, Dornath hatte Recht, auch da bin ich beschützt worden.

Am Anfang der nächsten Woche gab es morgens nach dem Frühstück einen sieben Kilometer Waldlauf mit der ganzen Kompanie, alle Züge waren vertreten. Den Boxkampf hatte ich über das Wochenende völlig vergessen.

Beim Laufen merkte ich nur, dass ich auf einmal viel Luft bekam und schneller laufen konnte als alle anderen Läufer. Ich kam von hinten und überholte alle anderen Kameraden. Als ich vorne ankam, schloss sich ein anderer Soldat mir an und wir liefen um die Wette zusammen weiter. Es gelang mir aber nicht den anderen Kameraden abzuhängen, aber auch ihm gelang es scheinbar nicht mich abzuhängen, denn wir beide blieben immer gleich auf. Wir rannten auf die Kaserne zu, wurden nicht an der Schranke angehalten, obwohl wir beiden alleine durch das Tor rannten, denn die anderen Soldaten lagen weit hinter uns. Nun ging es aufs Ganze und wir beide strebten unserem Gebäude zu und rannten die Treppe hinauf. Beide blieben wir hier stehen, denn wir mussten in verschiedene Zimmer. Ich schaute ihn an, lächelte und meinte zu ihm: „Gut gemacht. Viel Spaß noch!", und damit ging ich zu meinem Zimmer. Erst Wochen später fiel mir wieder der Boxkampf ein, aber da war ich schon auf einem Krankenpflegerersatzlehrgang, der über drei Monate dauerte. Hier wurde mir klar, dass der Läufer mit dem ich allen anderen der Kompanie davongelaufen war, der Mann war mit dem ich den Boxkampf hätte machen sollen. Da sein Kollege mit mir geredet hatte, hatte ich ihn mir gar *nicht so richtig angesehen. Dornath hatte Recht, auch hier bin ich beschützt gewesen. Der Boxkampf war einfach im Sand verlaufen.*

Dornath hat wohl bemerkt, dass ich wieder aus meinen Gedanken komme und ihn ansehe. Ja, mir wird klar, Dornath hat Recht. Ich wurde sehr oft in meinem Leben beschützt.

„Dadurch, dass du keine körperlichen Kämpfe ausgetragen hast, ist es leichter für dich, deine Liebe zu kultivieren. Das ist es, was du jetzt schon tun kannst, nämlich deine Liebe zu kultivieren. Zuerst einmal solltest du dich selbst lieben, dadurch fällt es dir leichter andere Menschen, Tiere und Dinge zu lieben. Denk einfach einmal darüber nach und vor allem fühle es nach!" Dornath macht eine Pause und lässt mir noch einmal Zeit das Gesagte zu verdauen. Er hatte bemerkt, dass ich in Gedanken versunken war. Auch Ferdi und Sorana warteten höflich.

Ganz langsam schlendert Dornath weiter zu einer Wand. Er schaut auf mich und bemerkt, dass ich wieder aufnahmebereit bin und zeigt auf einen großen Bildschirm. „Wir kommen jetzt zu einem anderen Thema. Seid ihr bereit? Dies ist, wie ihr sagen würdet, ein 3D-Bildschirm. Er überträgt nicht nur ein Bild, sondern man kann auch mit dem Wesen auf der anderen Seite sprechen. Auch die Gerüche werden mit

46

übertragen. Es ist alles völlig realistisch. Ich möchte euch ein paar Wesen vorstellen, die nur in ihrer Umgebung leben können und deshalb brauchen wir diesen Bildschirm. Diese Wesen kennt ihr vielleicht aus Büchern. Es sind die Lichtwesen, die die Blumen und Stauden beleben. Sie können nur mit ihrer Blume oder Pflanze leben. Es sind die Wesen von einer Bergwiese, die viele verschiedene Pflanzen beherbergt. Diese Pflanzen sind alle belebt und haben einen Geist, der sie beschützt und dafür sorgt, dass sie gut wachsen und sich vermehren können. Ich mache jetzt den Bildschirm an und ihr könnt, wenn ihr wollt mit ihnen sprechen."

Der Bildschirm flammt auf und eine wunderschöne Berglandschaft ist zu sehen. Im Vordergrund stehen viele bunte Blumen und dazwischen sind kleine Wesen zu sehen, die miteinander spielen und tanzen. Frische, würzige Bergluft strömt ihnen entgegen. Ein rosa Wesen tritt an den Bildschirm und sagt: „Ich bin ein rosa Alpenveilchen, von mir gibt es nicht mehr viele. Ich brauche die Hilfe der Menschen, damit es mich bald noch gibt, aber hier bin ich sehr glücklich und spiele mit den anderen mir liebgewordenen Freunden."

Schon ist das kleine rosa Alpenveilchen wieder in der Reihe der Tanzenden eingegliedert und tanzt mit.

Ein anderes Wesen tanzt an den Bildschirm und stellt sich vor: „Ich bin das Johanneskraut und viele Menschen pflücken mich, weil ich heilsam bin." Dieses Wesen ist deutlich größer als das Alpenveilchen und leuchtend gelb.

Es kommen nun zwei blaue Wesen an den Bildschirmrand und stellen sich vor: „Ich bin die Glockenblume und er ist das Vergissmeinnicht. Wir beiden mögen uns sehr, denn wir haben ein ähnliches Kleid und freuen uns wenn die Sonne scheint, aber wir freuen uns auch wenn es regnet, denn der Regen lässt uns wachsen und gedeihen!"

Dornath wendet sich den beiden Gästen zu: „Normalerweise könnt ihr die Wesen nicht sehen, deshalb haben wir sie auf dem Bildschirm, aber wenn ihr euch weiterentwickelt, und das geht jetzt sehr schnell, dann könnt ihr alle feinstofflichen Wesen sehen, erst fühlen und später auch mit euren körperlichen Augen sehen. Wir werden euch nun etwas spirituell anheben, so dass ihr hier auch andere Wesen sehen könnt. Das geht aber nur hier mit uns."

Kaum hat er es gesagt, kommt ein Gnom direkt auf Peter zu. Dieser macht einen Schritt zur Seite, da er dem Gnomen nicht im Wege stehen will. „Hallo, Wirtus, hast du es heute sehr eilig?" Dornath lächelt ihn an.

„Ich habe es immer eilig, warum fragst du, Dornath. Wer sind die beiden?"

„Das sind Ferdi und Peter, zwei Gäste von uns. Willst du sie nicht begrüßen?"

„Begrüßen? Können sie mich denn sehen?"

„Sonst wäre Peter wohl nicht einen Schritt zur Seite gegangen um dich durchzulassen."

Zu Peter gewandt: „Du musst ihm nicht aus dem Wege gehen, er ist ein geistiges Wesen und kann durch dich durchlaufen."

„Gut, ich grüße euch beiden, aber jetzt habe ich es wirklich eilig. Man sieht sich!" Wieso können die mich sehen, murmelt Wirtus. Normalerweise gibt es uns doch gar nicht für die Menschen. Schon ist Wirtus in einer Wand verschwunden.

Ferdi und Peter sind erstaunt. „Wer war das, welche Aufgabe hat er, dass er es so eilig hat?"

„Oh, Wirtus ist ein Berggeist und das führt uns gleich zu unserem nächsten Thema. Wirtus hilft dem großen Berggeist bei seiner Arbeit. Nun möchten wir euch einen großen Geist des Berges vorstellen. Er ist für die Schönheit und die Gesundheit in den Bergen und der Welt zuständig."

Seltsamer Weise hallt es hier nicht, obwohl der Raum groß ist, registriert Peter, doch Dornath spricht weiter: „Vielleicht habt ihr euch schon einmal gefragt, warum ist es in den Bergen so gesund? Viele Menschen kommen in die Gebirge um sich zu erholen. Eines der Geheimnisse werden wir heute nicht nur theoretisch erörtern, sondern ihr könnt es auch praktisch sehen und erfahren."

Er geht langsam weiter und die beiden Besucher folgen ihm ebenso langsam. An einer Wand erkennen Peter und Ferdi Bilder. Dornath bewegt sich auf sie zu. Die Höhle ist hell erleuchtet, aber es ist keine Lichtquelle zu erkennen.

Dornath zeigt auf die Bilder: „Auf diesen beiden Bildern könnt ihr das Wesen erkennen, dass für das Gold in den Bergen verantwortlich ist." Die beiden Besucher sehen erst jetzt, dass die Bilder Teppiche sind, die aber so fein gewebt sind, dass sie wie realistische Bilder wirken. Wenn sich Peter vor dem Bild bewegt, scheint sich auch das Wesen auf dem Teppich zu bewegen. Erstaunt schaut er genau hin, scheinbar sind die Fäden so gearbeitet, dass sie das Licht verschieden reflektieren, je nachdem wie man schaut.

Er tritt zurück und Dornath erklärt: „Dieses Lichtwesen interagiert mit der Sonne und aus der Energie der Sonne und dem Kontakt mit Gott erschafft es Gold in den Hohlräumen der Berge und das Gold wächst dann weiter in den Berg hinein. Das goldene Edelmetall gibt es nur auf diesem Planeten. Natürlich haben exterrestrische Wesen sich vom Gold angezogen gefühlt, da es einzigartig ist und sonst nicht weiter in dieser Galaxis vorkommt. Es wurde auch Gold vom Planeten entfernt, aber es wird wieder zurückgebracht werden müssen. Das Gold ist für den Planeten überlebenswichtig. Ohne Gold würde die Oberfläche des Planeten zu einer Fläche werden, auf der kein Lebewesen leben könnte."

Ferdi fragt: „Das Wesen ist so hell weiß, man kann es kaum erkennen. Ich meine, die Konturen sind nicht scharf. Für mich sieht es mehr verwaschen aus." „Ja, das Wesen ist ein Lichtwesen und es ist für die Augen eines Erdbewohners, in dieser Zeit, noch nicht erkennbar. Aber wie ich schon sagte, in absehbarer Zeit wird sich das Bewusstsein der Erde und der Lebensmenschen erhöhen und dann wird es für die Menschen erkennbar sein. Dann kommt eine Zeit, in der die Menschen den Planeten in seiner Gesundheit unterstützen werden."

Dornath schweigt und lässt dem Ehepaar die Zeit sich die beiden Bilder intensiv anzuschauen.

„Wir werden nun weiter in den Berg hinabsteigen. Da ihr euch in euren grobstofflichen Körpern befindet, können wir uns nicht diagonal durch den Berg bewegen, sondern müssen uns einiger, hier im Berg befindlichen, Wegen und Schächten bedienen. Wir kommen nun an einen Lift, der uns fünfhundert Meter tiefer in den Berg hinunterbringt. Von dort aus ist es nicht mehr weit bis zu unserer nächsten interessanten Stelle."

Dornath schlendert, mehr als das er geht, auf eine Wand zu, Sorana folgt mit den beiden Besuchern. Er zeigt auf eine runde Platte im Boden und geht näher an eine Seitenwand. Hier drückt er auf einige Symbole, die Peter und Ferdi nicht lesen können. Ein leises Geräusch ertönt und die Platte im Boden kommt sanft hochgefahren und entpuppt sich als Kabine eines Liftes. Die Tür öffnet sich und Dornath und Sorana treten in den Lift, der sich als recht geräumig herausstellt. Peter tritt auch ein und bemerkt das Zögern von Ferdi. Als aber Ferdi Sorana in die Augen schaut, fühlt sie die unendliche Liebe in ihnen. Nun fasst sie Vertrauen, tritt auch in den Lift und die Fahrt beginnt.

Der Lift setzt sich gemächlich in Bewegung und es dauert eine Weile bis er unten angekommen ist. Währenddessen erklärt Dornath die Technik: „Diese Lifte gibt es öfter in den Bergen hier. Sie wurden von einer alten Kultur vor etwa siebzigtausend Jahren erbaut.

Die Lifte werden durch die Energie, die überall, auch im Universum vorhanden ist, angetrieben. Das Material ist unzerstörbar und altert nicht. Allerdings lösen sie sich auf, sollten doch einmal Menschen in die Berge mit Gerätschaften eindringen. Es sei denn, das Bewusstsein der Menschen ist so hoch, dass es mit der Schwingung der Lifte harmoniert."

Er sieht die beiden an und ergänzt: „Wir Bewohner benutzen sie selten, da wir in unseren feinstofflichen Körpern durch die Berge sehen und uns bewegen können."

Völlig geräuschlos hält der Lift an und die Tür verschwindet, als wenn sie sich auflösen würde. Alle vier treten aus dem Lift und stehen in einem breiten Gang, der mindesten sechs Meter in der Breite und drei Meter in der Höhe misst. Peter und Ferdi sehen sich um und bemerken erstaunt, dass es auch hier taghell ist und die Wände wie aus glasiertem Samt gefertigt worden sind. Sie fassen die Wände an und bemerken nicht nur, dass das Material sich fast wie Samt anfasst, sondern auch warm, wie etwas Lebendes, ist.

Dornath erklärt: „Nun, diese Tunnel wurden nicht wie in eurer Kultur mit Gerätschaften erschaffen, sondern mit einer Technik, die das Material auflöst. Danach wurde die Verkleidung der Wände durch Präzipitation, also durch

Erschaffung aus dem allgegenwärtigen Stoff, erzeugt. Diese alte Kultur lebte bereits in einer höheren Dimension und war sich der Allgegenwärtigkeit der Göttlichkeit in sich bewusst und somit Herr über die Materie. Lasst uns nun weitergehen. Auch das Licht wurde aus dem All-Licht erzeugt. Auch wir sind in der Lage diese Gänge mit unserem Willen mit frischer Luft und angenehmen Duft zu versorgen."

Nun riechen auch Ferdi und Peter den leichten Duft von Rosen, der in der klaren Luft des Ganges schwebt.

Nach ungefähr fünfzig Metern wird der Gang breiter und mündet in einer Halle, die wie ein Dom, bestimmt einhundertfünfzig Meter lang und fünfzig Meter breit ist. Die Decke ist gewölbt, sicher zwanzig Meter hoch, strahlendweiß, aber mit warmen Ton, wie von der Sonne beschienen und dort wo der Bogen in die Wände übergeht mit goldenen Ornamenten versehen. An einer Wand zieht sich ein drei Meter breiter Streifen aus Gold diagonal über die gesamte Fläche von dort wo sie stehen, von unten nach oben zum Ende der Halle.

„Hier stehen wir nun vor einem der Rätsel, von denen ich sprach, bevor wir hier nach unten in diese Halle gingen. Das Gold wird durch die mächtigen Wesen, die mit der Sonne zusammenarbeiten, in den Bergen erzeugt, über die wir oben gesprochen haben und nun wächst das Gold wie eine Pflanze immer weiter in den Berg, wie überall auf der Erde, wo Gold in den Bergen vorkommt. Es dient der Fruchtbarkeit des Bodens, der Gesundheit der Lebewesen. Die Alten, aus den früheren Kulturen, von denen ich sprach, wussten dies und waren sich auch darüber bewusst, dass reines Gold göttlich ist, eine göttliche Ausstrahlung hat und alle Bereiche des Lebens unterstützt. Reines Gold nutzt sich schnell ab und das soll es auch, da es von den Alten in den Boden zur besseren Fruchtbarkeit gebracht wurde. Schmuck war einer der unwichtigsten Dinge, für das Gold benutzt wurde. Zu der Zeit der Alten, wurde Gold für alles genutzt und stand den Menschen für alle Zwecke zur Verfügung. Es wurde auch zum Decken von Dächern benutzt und ihr könnt euch vorstellen, welche Pracht die Gebäude der damaligen Kultur hatten.

Eines möchte ich noch erwähnen, Krankheiten waren den Menschen zur Blütezeit dieser Kultur unbekannt, denn sie alle sind sich ihrer Göttlichkeit bewusst gewesen und brachten ihre göttlichen Fähigkeiten mit in ihren Alltag, da sich jeder seiner göttlichen Aufgaben bewusst war und sie mit Freude, Fröhlichkeit und Leichtigkeit vollbrachte. Diese Kultur war ungefähr dreißigtausend Jahre auf ihrer

Kulturhöhe, bis sie dann vor etwa siebzigtausend Jahre wieder in die Körperlichkeit ging und ihren göttlichen Ursprung vergaß. Damit verging dann auch dieses Volk. Was diese Kultur aber noch besaß, war der Kontakt zu anderen Zivilisationen im gesamten Kosmos. Es gab Portale zu anderen Sternen, sogar zu Planeten in anderen Universen. Die Erde war damals mit dem gesamten Kosmos verbunden. Es gab und gibt auch Portale in andere Kontinente. So war es jedem möglich, auch denen die noch nicht geistig soweit fortgeschritten waren, wie z.B. Kinder, sich durch die Portale zu jedem beliebigen Punkt der Erde zu begeben. Es war so ganz einfach in andere Länder zu reisen und von deren Kultur zu lernen oder sie zu lehren. Dieses Volk war mit allen Völkern der Erde verbunden. Diese Kultur lebte dreißigtausend Jahre in einem riesigen Reich, das ohne Militär erhalten wurde, nur durch die Liebe und die Göttlichkeit der regierenden Könige und Beamte."

Ferdi und Peter schwebten wie auf einer Wolke, wie in Watte gepackt und fühlten sich in Liebe gebettet und lauschten staunend den Worten von Dornath.

Ferdi bleibt stehen und fragt: „Wenn Gott wieder auf die Erde kommt oder schon da ist,

56

werden dann die Krankheiten auch wieder verschwinden?"

„Natürlich, meine Liebe. Gotteskinder sind ohne Krankheiten und die Menschen auf der Erde werden wieder zu Gotteskindern werden!" Sorana stoppt ihre Worte und geht auf den breiten Streifen in der Wand zu und nimmt etwas von dem Gold ab, in der Größe eines kleinen Mobiltelefons. Mit ihrer glockenhellen, aber warmen Stimme erklärt sie: „Wir geben es euch, damit ihr, wenn ihr nachher wieder in eurer Höhle seid, keinen Zweifel an diesem euren Erlebnis habt.

Schaut euch nur um, die Wände erzählen viel von den alten Kulturen. Hier auf diesem monumentalen Wandteppich, der den Teppichen in der oberen Halle ähnelt und wie ein riesiges Gemälde an der Wand hängt, könnt ihr die Menschen dieser Kulturen und andere Besucher aus dieser, unserer Galaxis, sehen."

Peter und Ferdi stehen vor dem riesigen Wandteppich und betrachten die Menschen, die in bunten wehenden Kleidungen, ähnlich wie indische Saris, auf dem Bild zu sehen sind. Sie vermitteln Kraft und Ausstrahlung. Ja, ihre ganze Haltung strahlt Macht aus.

Danach aber entdecken sie andere Wesen, die auf dem ersten Blick auch wie Menschen aussehen, aber einige sind kleiner und die beiden Besucher sind zuerst der Meinung, dass es Kinder sein müssen. Aber sie bemerken, dass diese Personen circa zehn Zentimeter große Augen haben und ihr Köpfe etwas herzförmig aussehen.

Sorana bestätigt die Frage von Ferdi, ob es Wesen aus anderen Teilen der Galaxis sind und fügt hinzu: „Sie kommen aus einem Nebel, den eure heutige Wissenschaft noch nicht kartographiert hat. Ihre Heimat liegt am Rande der Galaxis und heißt Agroma. Der Planet ist der Erde sehr ähnlich, allerdings ist er kleiner. Der Planet schwingt schon sehr viel höher als die Erde und jeder Besucher von Agroma muss sich der niedrigen Schwingung der Erde anpassen. Sie kommen von einem Planeten, der sehr friedlich ist und dort leben die Existenzen nicht in Häusern, wie wir sie kennen, sondern sie bauen sie aus den Steinen die sie vorfinden, die sich anbieten, wie sie es formulieren. Sie haben ein gleichmäßiges Klima und leben in der freien Natur. Sie leben von fester Nahrung, so wie die Menschen hier auf der Erde. Allerdings haben auch sie Pflanzen, von denen sie leben, die aber nicht geplant angebaut werden, sondern die sie im Wald vorfinden. Diese Existenzen hatten zurzeit auch ein Problem, nämlich, dass sie von anderen aggressiven Rassen bedroht wurden. Hier seht ihr Kiray, der gefragt wurde ob er

Soldat werden wolle um seinen Planeten zu beschützen, dass erschien ihm aber doch zu heftig, zu wenig freudvoll und er besucht deswegen die Erde, auf der hier die Menschen ja gerade lernen, mit immer mehr ausstrahlender göttlicher Liebe, die Probleme auf ihrem Planeten aufzulösen, natürlich mit der Hilfe der Geistwesen und Thronengel."

„Gab es noch andere Wesen, die als Besucher auf der Erde waren?" „Ja, natürlich. Es gab aus dem ganzen Kosmos Besucher, die gelehrt haben und auch viele die gelernt haben. Sogar vor tausenden von Jahren, nach eurer Zeitrechnung, als es Atlantis noch gab, waren viele Besucher auf der Erde und haben von den Atlantern und auch den Atlantern, die ehemalige Lemurer waren, gelernt."

Nach einem Moment knüpft Dornath an das Gespräch an: „Vielleicht habt ihr euch schon gefragt: Warum erzählen sie uns dies alles? Nun, natürlich hat es einen Grund. Ihr seid die lange Reise hierhergekommen und nun wisst ihr, dass ihr hier euer Bewusstsein erweitern könnt. Es ist für euch wichtig, diese Informationen aufzunehmen, um spirituell wachsen zu können. Aber nicht nur ihr, sondern der ganzen Menschheit auf diesem Planeten wird nun, und nicht nur über euch, dieses Wissen weitergegeben werden. Es ist wichtig, dass die

Menschheit auf diesem Planeten sich als eine Familie erkennt, damit sie mit in den Reigen der vielen Existenzen auf anderen Planeten aufgenommen werden kann. Die Menschen werden nun in der Zukunft mehr in sich die Liebe zu sich selbst und zu ihren Mitmenschen fühlen, erleben und dadurch wachsen, denn Gott ist schon auf der Welt und hebt alle Menschen an, die es wollen. Die Krankheiten werden im Laufe von einigen Jahren verschwinden und auch der Tod wird letzten Endes abgeschafft. Habt Vertrauen in Gott, denn von Gott ist das Leben und der Tod ist von der Gegenseite. Doch die Zeit des Unlichts ist vorbei und hat keine Macht mehr!"

Mit einer Hand zeigt er auf die Bilder an der Wand: „Ihr habt noch Zeit und könnt euch die anderen Gemälde hier im Raum anschauen."

Peter und Ferdi, sind weitergegangen und schauen sich die riesigen Wandteppiche an den Wänden an. Alle Figuren sind lebensgroß oder größer dargestellt.

Dornath geht langsam mit und gibt immer wieder Erklärungen zu den einzelnen Bildern und welche Existenzen das sind. Von welchem System sie stammen. „Manche kommen auch aus den Sternenbildern die die heutige Menschheit kennt. Manche kommen aus feinstofflichen Welten, Planeten, die die

Menschen von heute nicht sehen können und auch ihre Instrumente nicht. Diese Existenzen können allerdings ihre Schwingung so weit herunterfahren, dass die heutigen Menschen sie sehen könnten. Es liegt also bei ihnen, ob sie sich euch zeigen wollen oder nicht. Wenn sie auch nur einen Hauch von Angst auf unserer Seite verspüren, dann werden sie sich nicht zeigen. Sie lieben alle Existenzen mit einer göttlichen unpersönlichen Liebe und wollen uns nicht erschrecken, oder gar ängstigen. Das ist auch ein Grund, warum wir euch gebeten haben, zu uns zu kommen, um Ängste abzubauen und vielleicht ergibt sich die Möglichkeit, dass ihr beide einige von ihnen kennenlernt. Aber das entscheidet ihr selber. Heute ist noch nicht der richtige Zeitpunkt dafür.

Es ist nun fast Mittag und Sorana und ich möchten euch zu einem Mittagessen einladen. Wir werden nun in den nächsten Raum gehen, in dem bereits für uns der Tisch gedeckt wurde. Wenn ihr mir dahin bitte folgen wollt." Er macht eine einladende Geste mit der Hand und geht auf eine große Tür am Ende des Raumes zu.

„Ich habe noch eine Frage!" Peter geht mit zwei schnellen Schritten auf Dornath zu. „Ja, nur zu! Fragen ist gut und Sorana und ich beantworten sie wirklich gerne!" „Du hast von Portalen gesprochen, durch die die Besucher von den anderen Planeten zu uns kamen. Sind diese Portale noch existent?" „Diese Portale wurden bei der Schaffung eures Planeten Erde miterschaffen. Gott will keine Isolierung der Existenzen. Deshalb kann ich diese Frage mit Ja beantworten. Diese Portale wurden während der atlantischen Zeit noch intensiv benutzt. Viele Menschen von der Erde sind auch im gesamten Kosmos herumgereist. Nach der Zeit von Atlantis sind sie zerfallen, da sie nicht mehr gepflegt wurden. Aber in der jetzigen Zeit werden sie wieder Instand gesetzt von außerirdischen Experten, die mit der Menschheit zusammenarbeiten. Die Menschheit der Erde geht einer neuen wunderbaren Zeit entgegen mit der sie wieder mit allen friedlichen Existenzen in dieser Galaxis und darüber hinaus Kontakt haben werden." „Danke, das hört sich wirklich sehr positiv an!"

Inzwischen haben sie die Tür erreicht und betreten einen weiteren kleineren Raum. Vor sich sehen die beiden Besucher einen massiv goldenen Tisch, der an den Kanten wunderbar mit, so scheint es, gedrechselten Ornamenten verziert ist. Auf der Tischplatte sind Edelsteine eingelassen, die prächtige farbige Ornamente und Symbole darstellen.

Dornath erklärt, dass es heilige Zeichen seien, die aus der Vergangenheit der Menschheit stammen und von allen Völkern, die sich der Göttlichkeit in sich bewusst waren, verwendet werden. Auch die Edelsteine haben eine Funktion. So wurden euren Königen in der unmittelbaren Vergangenheit Edelsteine in die Kronen eingefügt. Diese waren nicht nur zur Verzierung dort. Sie hatten die Funktion, die Gehirnströme der Könige zu verstärken. So können Quarze an der richtigen Stelle am Kopf, bei einer bestimmten Wellenfrequenz den Königen die Macht geben etwas zu erschaffen. Das nur so am Rande.

Auf dem Tisch steht wundersames Geschirr. Es scheint auch aus Edelsteinen geschnitten worden zu sein. „Nehmt doch bitte Platz!"

Am Tisch stehen an den Längsseiten jeweils zwei Stühle. Peter und Ferdi setzen sich. Ihnen gegenüber haben Dornath und Sorana Platz genommen.

Das Essen ist auf großen Platten und in Schüsseln. Es duftet wunderbar. In den Bechern, die aus einem einzigen Diamanten gefertigt scheinen und mit vielen Schliffen verziert sind, ist eine honigfarbene Flüssigkeit.

„Ihr braucht nur zu denken, was ihr von den verschiedenen Gerichten zu essen wünscht, es wird sofort auf euren Tellern sein."

Wie von Geisterhand füllen sich die Teller. Das Getränk mundet wunderbar und erfüllt die beiden Besucher mit Freude und sie fühlen sich gekräftigt. Auch das Essen, was beide nicht kennen, ist ebenfalls sehr schmackhaft. So etwas haben sie noch nie gekostet.

„Kann ich euch etwas fragen?" Peter lehnt sich etwas zurück auf einem der wunderbaren Stühlen, die ebenfalls wie der Tisch aus Gold zu bestehen scheinen, aber doch sehr leicht sind und sich gut bewegen lassen.

„Aber natürlich, du möchtest wissen, wie das alles funktioniert?"

Peter nickt mit dem Kopf, während sich die Flüssigkeit in seinem Becher automatisch nachfüllt.

„Nun, dieses Essen wurde aus dem universalem Stoff, der überall in Fülle vorhanden ist, erstellt. Man nennt es präzipitieren. Wir können alles aus diesem Stoff herstellen, was wir benötigen. Nun wir benötigen Nahrung für euch, da ihr unsere Gäste seid. Wir hoffen, es hat euch gemundet?"

„Ja," er schaut zu Ferdi und diese nickt eifrig mit dem Kopf: „Es hat uns sehr gut geschmeckt. Niemals vorher haben wir so etwas Wunderbares gegessen und getrunken. Es hat uns wirklich erfrischt. Das meinst du doch auch Ferdi Schatz. Ich jedenfalls könnte Bäume ausreißen!"

Dornath lächelt. „Wenn wir etwas präzipitieren, dann fällt alles weg, was für die

64

Verdauung hinderlich wäre und nur die reine göttliche Energie erreicht euer Verdauungssystem und kräftigt euren ganzen Körper. Wir haben noch einen kleinen Nachtisch für euch."

Damit erscheinen kleine Schälchen und die passenden Löffel auf dem Tisch vor den vier Personen, nachdem sich die Teller vor ihren Augen scheinbar in Luft aufgelöst haben. Auch dieser Inhalt mundet wunderbar und erinnert ein wenig an Schlagsahne und süße Früchte wie Erd- und Waldbeeren.

Nach dem Mittag fühlen sich die beiden Gäste wunderbar leicht und überhaupt nicht schwer vom Essen.

Dornath bittet seine Gäste wieder in eine andere Halle, die eine ähnliche Größe hat wie die vorherige Bilderhalle und auch hier hängen riesige Bilder an den Wänden. Auch diese Halle ist hell erleuchtet, aber das Licht ist mild und hat einen sonnenwarmen Ton. Der Raum ist auch hier wieder weiß und wunderbar mit Stuck unter der Decke ausgestattet. Dazu laufen wieder goldene und blaue Bänder über den Bildern an der Wand entlang. Auch hier sind die Bilder aus Stoff gewoben.

Als Peter genauer an die Wände schaut, sieht er, dass die goldenen Bänder scheinbar tatsächlich aus Gold sind und die blauen Bänder aus Saphiren. Überrascht fragt er Dornath. „Sind das wirklich echte Edelsteine in den blauen Bändern da an der Wand?" „Ja, du hast es richtig erkannt. Es sind echte Saphire, die mit den Goldbändern in die Wände eingelegt sind. Über Edelsteine hatte ich ja gerade schon gesprochen und über Gold werden wir, wenn noch Zeit ist, sprechen. Aber nun möchte ich euch diese Bilder zeigen. Schaut einmal genau hin. Was könnt ihr erkennen?"

Ferdi und Peter sehen sich die Bilder genau an, dazu gehen sie erst etwas weiter von der Wand weg um das ganze Bild zu erfassen. Danach schauen sie wieder etwas näher auf die Bilder.

„Dieses Bild scheint irgendwo in der Südsee zu sein", meint Peter interessiert. Er sieht einen Waldweg der zum Wasser führt. Die Bäume sind in einem wunderbaren Grün gefärbt, die Sonne scheint herrlich warm und das Meer glitzert in einem Blau, das ins Türkise übergeht. Auf der linken Seite befindet sich ein Felsabbruch von roter Farbe auf dem Priester und Priesterinnen in blauen Gewändern stehen und verschiedene Bewegungen ausführen. Das Bild verbreitet einen warmen ruhigen, heiteren Eindruck. Der Frieden, den dieses Bild ausstrahlt ist fast greifbar.

„Es ist im atlantischen Ozean, in der Nähe von Madeira. Es ist ein Bild, dass Atlantis zeigt. Madeira ist ein Rest von Atlantis. Was fällt noch auf? Schaut einmal genau hin!" Dornath nickt mit dem Kopf zu den Bildern.

Peter schaut angestrengt, auf einmal ruft er: „Das sind ja..., da sind ja Elfen auf dem Bild! Kann das denn wirklich sein? Gab es denn wirklich Elfen auf der Erde?"

Ferdi kommt zu Peter und fragt: „Wo siehst du denn Elfen auf dem Bild?" „Schau, du musst genau hinsehen, es scheinen Wolken zu sein, aber wenn du genau hinschaust, dann sind es Elfen. Da, scheinen es Blumen zu sein, aber es sind Elfen dabei. Aber nicht nur einfach Elfen. Sie haben verschiedene Größen wie dieser hier," Peter zeigt mit der Hand darauf: „Die anderen scheinen feiner oder kleiner zu sein. Die eine hier hat sogar so etwas wie ein Kleid, oder wie bunte Schleier. Der Künstler hat es sehr geschickt in das Bild eingearbeitet. Es hat sicher eine Bedeutung, dass sie so schwer zu erkennen sind auf dem Bild, stimmt das Dornath?" „Das ist richtig, ich muss gestehen, dass ich euch ein wenig geholfen habe bei dem Erkennen der Elfen auf dem Bild. Früher lebten die Elfen in der dritten und auch in der fünften Dimension. Das heißt, sie konnten sich zwar auf der dritten Dimension zeigen, einen Bewusstseinssprung machen und sich wieder auf die fünfte Bewusstseinsebene zurückziehen, wenn sie es wollten. Das bedeutet, dass damals nur die Menschen, die bereits in die fünfte Bewusstseinsdimension schauen konnten, in der Lage waren mit den Elfen zu kommunizieren, wenn diese sich auf die fünfte Dimension zurückgezogen hatten.

In der atlantischen Zeit gab es viele von diesen Menschen. Aber auch das dunkle Zeitalter begann in der atlantischen Zeit, deshalb ging Atlantis auch unter.

Aber zurück zu den Elbenreichen. Natürlich konnten sich die Elfen auch in der dritten Bewusstseinsdimension zeigen, wie schon gesagt. Damit waren auch die Menschen, die noch in der dritten Dimension lebten, wie zum Beispiel die meisten Menschen heute, in der Lage mit den Elfen zu kommunizieren. Die Elfen oder Elbenreiche haben sehr viel Gutes in der Welt hinterlassen. Sie haben den Planeten betreut und das Leben aufrechterhalten. Mit den Menschen zusammen das Leben auf dem Planeten erhalten und gefördert. Sie haben sich auch um die Tierwelt, die Pflanzenwelt und die Mineralwelt gesorgt. Sie haben Tiere geheilt, denn nach dem Anbruch des dunklen Zeitalters gab es schon Krankheiten. Auch in den späteren Zeiten, noch im dunklen Zeitalter der

Menschheit, das nun bereits dabei ist zu Ende zu gehen, waren die Elben präsent auf der Erde.

Aber später und noch bis vor kurzer Zeit lebten sie verjagt von der Erde in einer Häftlingswelt. Weggesperrt von dunklen Machtelben. Die dunkle Macht hat alles kopiert, was Gott geschaffen hat. Auch die Elben wurden kopiert und sie schuf die Dunkelelben.

Die Elbenreiche wurden wie die Menschen von Gott auf die Erde gebracht und leben und besitzen ähnliche Fähigkeiten wie Engel, deshalb konnten sie auch mit den Menschen das Leben erhalten und fördern. Diese Fähigkeiten wurden ihnen von Gott gegeben."

Sorana: „Die Elben haben verschiedene Aufgaben. Wenn sie sich dir zeigen, und zuerst wird sich ein Elf dir nur zeigen, der mit dir schwingt bzw. nur mit einer positiven Ausstrahlung harmoniert. Möglicherweis hilft er dir deine Spiritualität zu entwickeln, wenn du ihn brauchen solltest kommt er zu dir, du brauchst dir dann nichts mehr zu erkämpfen. Aber im Moment sind sie noch außerhalb eurer Sicht- und Reichweite. Die Menschheit muss sich noch ein wenig mehr entwickeln. Aber es gibt schon die ersten Lichtmenschen, die in der Lage sind mit ihnen zu kommunizieren."

Sorana schweigt einen Moment und fügt dann hinzu:

„Natürlich gibt es auch noch die Einhörner, die Sirenen, Nymphen. Auch sie können sich den Menschen zeigen. Auch sie waren gefangen von dunklen Elben und Dunkelengeln und werden nun freigelassen. Gott hat auf Grund der Bitte der höchsten Bewusstseinsebenen der Menschen, die ihn um Hilfe gebeten haben, wieder das Zepter auf der Erde übernommen und alle von Gott auf der Erde abgesetzten Wesen werden wieder in Freiheit leben können.

Dornath schweigt einen Moment. Er schaut zu Ferdi: „Damit möchte ich ein weiteres Thema aufgreifen, der Planet Erde ist ein weiblicher Planet. Viele Menschen inkarnierten auf der Erde, die vom Planeten Mars kamen. Der Planet Mars ist ein männlicher Planet. Da die Menschen dort ihre Männlichkeit entwickelt haben, war es ihnen aber nicht so gut möglich ihre Weiblichkeit zu entwickeln. Deshalb inkarnierten viele von ihnen auf der Erde. Weiblichkeit zu entwickeln fällt ihnen deswegen schwer.

Mit einer Geste zu den Bildern hin, spricht Dornath weiter: Viele Menschen, auch schon zu der Zeit der Ritter, wollten ihre Weiblichkeit entwickeln. Die Elfen waren dazu in der Lage, die Menschen zu lehren, auf ihre Weiblichkeit zu hören. Dadurch konnten sich Intuition, Frieden, sowie Harmonie entwickeln, und eine der wertvollsten Anlagen der Weiblichkeit ist, das niemalige Aufgeben.

In späteren Zeiten ging das Wissen um die Aufgaben der Elfen verloren, oder es wurde wie so oft in der menschlichen Geschichte, verfälscht. Da die Menschen die Aufgaben der Elfen nicht mehr verstanden, wurden sie ignoriert. So zogen sich die Elfen auf die fünfte Bewusstseinsebene zurück und waren für die Menschen nicht mehr zu sehen. Auch moderne Messgeräte der heutigen Menschheit können nicht in die fünfte Bewusstseinsebene schauen, da sie eben dreidimensional sind. Wenn sich aber das neue Zeitalter entwickelt und die Menschen nur noch Liebe, Harmonie, Frieden und Mitgefühl leben, dann werden die Menschen nach und nach in die fünfte Bewusstseinsebene aufsteigen und wieder mit den Elfen zusammenleben können. Das wird über kurz oder lang auf der Erde geschehen, das kommt ganz darauf an, wie schnell oder langsam dieser Prozess voranschreitet. Das heißt aber nicht, dass es heute keine Elfen mehr in eurer Welt gibt. Viele Elfen begleiten neuerdings wieder harmonische Menschen. Sie schweben unerkannt über ihnen und alleine durch ihr Dasein, vertreiben sie manchmal dunkle Mächte. Der Künstler hat die Elfen deshalb so vage in die Bilder eingearbeitet um zu zeigen, dass die Elfen in einer höheren Dimension leben. Die Elfen konnten sich, wie gesagt, auf die fünfte Bewusstseinsdimension zurückziehen, im Gegensatz zu den Wassermännern und Wasserfrauen, die man auch Nix und Nixe nennt. Diese Existenzen wurden im wahrsten Sinne von den Menschen verfolgt und ausgerottet. Auch das ist eine der tragischen Geschichten der Menschheit, die es im Goldenen Zeitalter zu heilen gilt. Neptun gibt es wirklich, auch er lebt heute in einer höheren Dimension und bittet uns, keine Fische mehr zu essen, da sie doch unsere Brüder und Schwestern sind. Die Menschen kamen aus dem Wasser und eroberten das Land. Aber sie haben sich nicht aus Fischen entwickelt, sie sehen aber die Fische und Bewohner der Meere als ihre Geschwister an und lieben sie auch so. Sie sind eigenständige Existenzen und haben das Recht auf ein Leben. Sie sind keine Lebensmittel, wie es die Menschen heute immer noch zu glauben scheinen."

Dornath geht ein paar Schritte weiter und zeigt auf ein weiteres Wandbild: „Hier können wir die Wassermänner und Wasserfrauen sehen, wie sie im Wasser ihr Reich hatten. Sie lebten im Wasser und hatten unter Wasser ihre Städte. Hier auf diesem Bild können wir es uns sehr gut anschauen."

72

Erstaunt von dem gerade gehörten, und begierig auf das nächste Bild, gehen Peter und Ferdi zu Dornath und schauen dort auf das Wandgemälde. Sorana folgt ihnen.

Hier auf diesem Bild können wir den König der Meere, Neptun, sehen mit seiner Königswürde dem Dreizack, der auf dem Bild mit seiner Frau und seinen Töchtern zu sehen ist. Der Maler oder besser gesagt der Weber der Teppichbilder hat die Schönheit der Wassermenschen sehr gut getroffen. Sie sehen die Lieblichkeit der Töchter und können verstehen, dass Männer, die auf dem Land lebten, sich in diese Frauen verliebten. Es ist auch wahr, dass die Nixen unsterblich waren, also nicht eines Alterns unterlagen. Das geschah tatsächlich erst, wenn sie sich an Land mit einem Manne verheirateten und ihren magischen Fischschwanz verloren. Ganz nebenbei bemerkt, werden die Menschen nach und nach im neuen Zeitalter Gott in sich finden und dadurch nicht mehr sterben."

Ferdi und Peter stehen staunend vor den Bildern und sind ganz in ihren Gedanken versunken. Was wurde ihnen für eine wundervolle Welt vorgestellt. Nicht im Traum hätten sie an so etwas gedacht. Das warf ihr ganzes Weltbild um, nein es erweiterte ihr Weltbild enorm.

Sorana und Dornath bemerken diese Gedanken und Sorana spricht beide an: „Wir sehen, dass ihr für heute genug an Informationen bekommen habt. Es ist schon spät, wir werden euch nun wieder in eure Höhle bringen. Da wir aber weit unten im Berg sind, haben wir ein Transportmittel für euch bereitgestellt. Dort vorne ist es." Sie zeigt mit der Hand nach vorne, wobei sie weiterspricht: „Ihr werdet in einigen Sekunden wieder zurück sein. Wir müssen dort hinübergehen."

Ferdi und Peter sehen zwei kreisrunde Platten auf dem Boden, die in einem weißlichen Silberton glänzen. Dornath stellt sich vor die Platten und erklärt: „Dies sind Transporterplatten. Ihr kennt sie aus den Filmen der Serie ,Star Trek'. Diese Transporterplatten werden im Goldenen Zeitalter normal sein. Ihr werdet sie in den nächsten Tagen noch öfter benutzen. Wir bedanken uns für eure Fragen und eure Aufmerksamkeit. Wir werden uns morgen wiedersehen und euch wieder um die gleiche Zeit abholen. Tretet nun in den Kreis der Platten, in weniger als einer Sekunde seid ihr bei eurem Lagerplatz. Wir haben noch etwas für euch zum Trinken. Es wird euch kräftigen und gut schlafen lassen. Trinkt es, wenn ihr gleich von der Plattform steigt. Wir lieben euch."

Peter und Ferdi treten an die Kreise. Ferdi sieht Peter etwas ratlos an. Peter zuckt kaum merklich mit der Schulter, als wolle er sagen, ich weiß auch nicht so genau was ich davon halten soll. Beide nicken sich zu, machen einen Schritt auf ihre Platte und stehen schon in ihrer Höhle. Es fühlte sich nicht wie eine Reise an, eher wie ein Schritt durch eine Tür. Sie schauen sich um in ihrer Höhle, jeder sieht zum anderen. Sie blicken sich an und müssen beide lachen. Es war für sie doch ein kleiner Stress, aber da es so schnell ging, ist er auch schon vorüber.

Ferdi geht zu Peter und lehnt sich an seine Brust und schaut ihn von unten an: „Was für ein Abenteuer. Wer hätte das gedacht und es kommt noch mehr. Was werden sie uns morgen zeigen? Bei diesen Platten braucht keiner mehr ein Auto. Es ist bequemer und sehr viel schneller. Eigentlich wunderbar!"

Peter nimmt Ferdi in den Arm und antwortet: „Es ist so unglaublich und sie sind so lieb. Ich hatte schon beim ersten Anblick am Morgen, bevor du wach warst, ein unglaubliches Vertrauen in Dornath. Wenn das die Menschen der Zukunft sind, dann wird es wirklich ein Paradies werden. Ich bin so glücklich, dass wir beide, du und ich, es gewagt haben, hierher zu kommen."

„Schade, dass wir so eine Plattform nicht schon zu Hause hatten, dann wäre der Weg hierher sehr", und sie zieht das Wort ‚sehr' in die Länge: „viel kürzer und angenehmer gewesen!" Sie schaut Peter an und lächelt. „Dann hätten wir aber nichts zu erzählen zu Hause. Mit den Informationen, die wir nun haben, müssen wir sehr vorsichtig umgehen, sonst hält man uns womöglich für verrückt. Mir wurde immer wieder gesagt, dass ich eine Aufgabe im Leben hätte, der ich nachkommen soll. Ich denke, dass man mir auch noch sagen wird, was diese Aufgabe ist."

„Komm wir gehen nach draußen", Ferdi zieht sich aus der Umarmung und fordert: „Du, komm! Uns wurde doch gesagt, dass wir zum Sonnenuntergang wieder hier sind. Es muss nun soweit sein und den will ich sehen!" Sie zieht Peter am Arm und läuft schnell mit ihm aus der Höhle. „Vorsicht, du verschüttest sonst mein Getränk!" Sie lässt Peter los und sieht ihn ein wenig schuldbewusst an. „Es ist ja nichts passiert! Komm lass uns dort an der Felswand sitzen und uns die Sonne anschauen."

Beide setzten sich und sehen der Sonnen zu wie sie, rechts von ihnen, blutrot hinter der Bergkette verschwindet.

Von nun an werden Ferdi und Peter am Morgen abgeholt und mit einem Frühstück im

Berg begrüßt. Das Essen und die Getränke sind wie am Vortag köstlich und stärken beide. Nach dem Essen betreten alle vier in großer Harmonie eine weitere wunderschön gestaltete Halle. Auch hier ist es hell, warm und so etwas wie gemütlich. An einer Wand stehen edel geformte Sessel in einem wunderschönen chinesischen blau. Ein großer runder Teppich liegt auf dem weißen Marmorfußboden. Der Fußboden ist wie aus einem Stück gegossen. Keine Fugen sind zu sehen. Die Marmorierung zieht sich nahtlos durch den Raum. Die Sessel sind so gestellt, dass sie auf die gegenüberliegende Wand zeigen. Dornath bietet den beiden einen Platz an und alle vier setzen sich.

Sitzend wendet er sich an seine Besucher: „Heute wollen wir von der Theorie in die Praxis gehen. Das bedeutet, dass wir euch heute jemanden vorstellen wollen. Ihr kennt ihn schon von den Bildern, die wir gestern betrachtet haben. Er heißt Kiray und kommt, wie ihr ja schon wisst, vom Planeten Agroma. Kiray hat einen Engel mitgebracht, der für ihn spricht, da Kiray sich normalerweise mit seinen Mitexistenzen telepathisch unterhält und da Kiray noch etwas schüchtern ist, hat er einen Engel gebeten, die ersten Worte für ihn zu sprechen. Da er aber nun schon eine Weile auf der Erde ist, hat er die Sprache schon sehr gut erlernt. Auf dem Planeten Agroma gibt es keine Raumfahrzeuge, aber sie sind in die Existenzen der Galaxis eingebunden und können, wenn sie es brauchen, telepathisch ein Raumfahrzeug kommen lassen. Kiray schätzt die Menschen der Erde sehr und empfindet auch eine große Liebe für sie. Er möchte euch gerne einen Vorschlag unterbreiten. Da Kiray schon auf einer höheren Schwingung existiert, ist es für ihn schwer seine Schwingung so weit herunterzubringen, dass die Menschen ihn sehen können. Aber wir, Sorana und ich, werden helfen, damit ihr Kiray sehen könnt. Er wird aber etwas durchsichtig sein. Deswegen haben wir es erwähnt.

Kurz darauf erscheint eine Person wie aus dem Nichts, in dem Zimmer vor den Sitzenden. Daneben erscheint ein weißer Engel, der leuchtendes Licht um sich verbreitet. Der Engel ist so groß wie ein großer Mensch, aber Kiray, den die beiden Besucher nun erkennen können ist nur etwas über einen Meter groß. Dornath bittet: „Bleibt bitte sitzen, während der Gespräche. Es wird nicht als unhöflich empfunden, da die Gepflogenheiten der Erde hier nicht relevant sind."

Der Engel beginnt zu sprechen: „Kiray und ich begrüßen euch herzlich, da Kiray nicht so richtig weiß wie ihr euch begrüßt, bleibt er hier stehen und gibt euch seine herzliche Liebe. Er möchte euch wissen lassen, dass er große Hochachtung vor euch Menschen hat und sich freut mit euch sprechen zu dürfen. Ich werde ihm helfen, wenn ihm ein Wort fehlt oder er nicht weiß wie er etwas ausdrücken soll und überreiche euch daher noch einmal seine herzliche Liebe."

Kiray spricht: „Alles was ich nun sage, oder erzähle und euch bitte, ist in Übereinstimmung mit allen meinen Brüdern und Schwestern, also mit allen Wesen auf meinem Planeten Agroma. Da wir alle miteinander telepathisch kommunizieren, und uns ist, im Gegensatz zu euch Menschen, nichts von dem verborgen, was der andere denkt. Ich komme nun zu meinem Heimatplaneten. Auf Agroma gibt es ein Gesetz der Gastfreundschaft. Es darf also kein Fremder aus dem Universum, der uns besuchen will, abgewiesen werden. Da wir aber im Moment viele dunkle Wesen auf unserem Planeten haben, die uns zu unterdrücken suchen, sind wir den Menschen sehr dankbar, dass sie uns in dieser Situation geholfen haben. Was uns noch dazu helfen würde, wären Liebe und herzliche Gedanken für unseren Planeten. Je mehr liebe, also hochschwingende Gedanken auf unseren Planeten ausgerichtet sind, desto schwerer fällt es den dunklen Wesen sich auf unserem Planeten zu etablieren. Da die Fremden aber eine niedrige Schwingung brauchen, würden sie bald erkennen, dass sie auf unserem Planeten nicht leben können und würden ihn freiwillig wieder verlassen. Mein Vorschlag ist, dass wir und ihr Menschen, eine Gedankenverbindung von der Erde zu unserem Planeten Agroma bauen. Jeder fängt auf seiner Seite an wunderbare und liebevolle Gedanken dem anderen Planeten zuzusenden. So würde eine Gedankenverbindungsbahn gebildet werden. Alle niedriegschwingenden Gedanken würden dann in diese Bahn einfließen und durch unsere wundervollen liebenden Gedanken zu positiven Gedanken umgewandelt werden. Es würde uns helfen, aber natürlich auch euch, und natürlich auch der ganzen Galaxis, denn wir alle hängen zusammen. Ich danke euch dafür, dass ihr mich angehört habt. Ich möchte nun meine Schwingung wieder erhöhen, da es für mich sehr schwer ist diese soweit herunterzutransformieren. Ich danke euch mit meinem größten Respekt und meiner ganzen Liebe."

Damit verschwindet Kiray und ist für Peter und Ferdi nicht mehr sichtbar.

„Ich merke, dass ihr Kiray liebgewonnen habt."

„Ja, wir haben ihn wirklich liebgewonnen. Er hat wunderbare Augen, sie sind blau und gehen ins Türkise mit einem goldenen Schimmer. Er ist wirklich sehr lieb", kommt es spontan von Ferdi.

„Der goldene Schimmer kommt von seiner schon sehr hohen Schwingung. Sein Planet ist in der Liebe zu andern Existenzen schon weiter als die Erde. Aber wir werden aufholen." Dornath lächelt bei diesen Worten.

Sorana führt weiter aus: „Wir haben heute noch weitere Existenzen hier, die wir euch, mit eurer Erlaubnis, vorstellen wollen. Seid ihr damit einverstanden? Ihnen dürft ihr alle Fragen stellen, die ihr auf dem Herzen habt. Auch sie werden sich auf tiefere Schwingungen begeben können. Sie machen es aus Liebe zu euch, denn sie möchten euch kennen lernen, da sie die menschliche Vergangenheit kennen und deshalb wissen, dass ihr euch eventuell unwohl fühlen könntet."

Sorana schaut die beiden fragend an. Sofort nicken die beiden und antworten: „Natürlich sind wir einverstanden!"

Dornath ergreift das Wort: Dort an der rechten Seite des Saales könnt ihr Bilder von ihnen sehen, lasst uns zur Wand und den Bildern gehen."

An den Bildern angekommen erklärt er: „Wie ihr schon erkannt habt, handelt es sich um die Elfen. Wir hatten euch gestern schon einiges über die Elfen berichtet. Heute werdet ihr beide selber mit ihnen sprechen können, wenn ihr es wünscht. Ich zeige sie euch noch einmal auf den

Bildern, damit ihr sie gut erkennt, wenn ihr sie seht. Die Elfen wissen, wie die Menschen reagieren können, aber sie wissen auch, dass sie bei uns nichts zu befürchten haben. Sie werden euch alle Fragen beantworten. Schaut sie euch noch einmal genau an, denn gleich werdet ihr sie lebendig vor euch sehen. Wir können uns wieder setzen. Die Elfen werden sich euch so zeigen, wie sie es für sich am besten befinden."

Ferdi und Peter gehen wieder zu ihren Sesseln und nehmen Platz. Auch Dornath und Sorana setzen sich.

Im nächsten Augenblick flimmert die Luft etwas, gegenüber den Sesseln. Langsam erscheinen drei Elfen vor den Sitzenden. Sie sind alle drei verschieden groß. Von ca. fünf Zentimetern bis zu fünfzehn Zentimetern. Die Elfen sind sehr viel besser zu sehen als vorher Kiray. Ihre Flügel schillern fröhlich in allen Farben. Sie selber scheinen Schleier zu tragen in verschiedenen Pastelltönen.

Plötzlich hören Peter und Ferdi eine feine Stimme in ihren Köpfen: „Wir grüßen euch Menschenkinder, werdet ihr endlich erwachsen. Das freut uns sehr und nicht nur uns, alle in den feinstofflichen Bereichen sind voll des Lobes und der Freude, dass die Menschen endlich begreifen, dass es Frieden sein muss auf der Erde und Freiheit für jedes einzelne

Menschenkind. Wir freuen uns auf eure Fragen. Nun ich sehe, dass ihr noch einen Moment braucht. So werde ich anfangen, so wie wir schon früher mit den Menschen gesprochen haben. Wir sagten ihnen damals, dass sie nur die Liebe weiterbringt. Nur die Liebe zu den Menschen, den Tieren, zu allen Lebewesen der Erde, also der Wesen und Tiere, die von Gott auf der Erde angesiedelt wurden, bringt euch in euer Entwicklung weiter. Helft einander und erkennt, dass jeder Mensch auf dem Weg zur Erlösung ist. Aber Erlösung erlangt ihr nur durch Vergebung und Liebe. Fangt bei euch selber an, liebt euch selber. Beginnt für euch da zu sein, nicht für euren Chef oder für irgendeine Aufgabe. Zuerst beginnt damit euch selber zu lieben. Das ist ganz wichtig. Wenn ihr nicht wisst wie man das anfangen soll, dann gebe ich euch den Rat: stellt euch jeden Tag vor einen Spiegel und sagt es euch liebevoll, dass ihr eine wunderbare Person seid und ihr euch liebt. Als nächstes macht euch klar, dass jeder Mensch den ihr trefft euch etwas lehren will. Jeder ist ein Lehrer für euch. Bedenkt, dass jeder Mensch einzigartig ist und schon viele Leben hinter sich gebracht hat. Sie haben viel erlebt und viel erdulden müssen. So hat jeder seine Blockaden in sich und muss sie abarbeiten, das geht aber nur durch Liebe zu sich selbst, erst danach zu allen anderen

Existenzen. Ihr alleine seid für euch verantwortlich, jeder für sich selbst. Deshalb ist es wichtig sich zu lieben, damit ihr die Signale eures Körpers hört und auch darauf reagiert. Wenn ihr euch liebt und eure Blockaden erkennt und sie auflöst, dann erkennt ihr auch die Blockaden in euren Mitmenschen und wisst, dass sie vielleicht noch viel mehr abzubauen haben als ihr selbst. Habt Mitgefühl mit ihnen und liebt sie. Wenn ich sage, dass jeder für sich selbst verantwortlich ist, dann begreift, dass ihr selber eure Gegenwart erschaffen habt und auch dabei seid eure Zukunft zu erschaffen und zwar mit euren Gedanken. Ihr könnt die Verantwortung nicht mehr an andere abgeben. Ihr seid für euch verantwortlich, nicht der Arzt, nicht der Chef, niemand. Achtet auf eure Gedanken, mit euren Gedanken schafft ihr euer Leben."

Der Elf, der gerade gesprochen hat, schweigt und schaut die beiden Gäste aufmerksam an.

„Ich habe eine Frage." Peter schaut zu den Elfen hinüber. Er empfindet überhaupt keine Scheu, eher so etwas wie Respekt, aber gemischt mit Sympathie und ein wenig Faszination.

„Gerne, stelle nur deine Frage!"

„Habt ihr Elfen früher auch so mit den Menschen gesprochen? Ich meine mit früher, als ihr noch zu sehen wart. Seid ihr denn noch im Mittelalter präsent gewesen?"

„Nun, dass sind schon zwei sehr gute Fragen. Ja, wir haben sinngemäß auch früher schon so mit den Menschen gesprochen. Vor allem mit den damaligen Rittern. Aber auch mit Menschen, die ein Gefühl für die Natur hatten, wie für die Tiere oder die Pflanzen und wir haben ihnen eingegeben, wie sie die Heilkräfte der Pflanzen nutzen können, oder wie sie sich Tiere zu Freunden machen können. Viele Kräuterfrauen gab es damals, auch noch im Mittelalter. Wir haben dann aber diese Art der Belehrung vorläufig eingestellt, da diese Menschen damals, dadurch das sie Heilwissen hatten, verfolgt wurden. Wir wollten nicht, dass sie durch ihr Heilwissen in Schwierigkeiten kamen. Und Schwierigkeiten bedeuteten damals, dass man sie verfolgte, folterte oder tötete oder alles zusammen. Dann in späteren Zeiten verschlossen sich die Shakren der Menschen und sie konnten uns nicht mehr sehen. Aber auch wir wurden verjagt, von der Erde weggejagt und in Häftlingsburgen festgehalten. "

„Was habt ihr den Rittern erzählt? Wie muss ich mir das vorstellen?" Peter sieht den großen Elf fragend an.

„Nun, zuerst einmal muss ich sagen, dass wir nur mit Menschen gesprochen haben, die keine

Angst hatten oder besser gesagt, kaum Angst, und das waren eben die Ritter, oder überwiegend die Ritter. Angst ist eine große Blockade um zu Gott zu gelangen. Deshalb war es wichtig, zuerst einmal die Angst abzubauen, denn auch damals war kaum ein Mensch angstfrei. Aber Ritter waren bei diesem Thema aufnahmebereit. Weil sie auch in ihren Kampfschulen dies vermittelt bekamen. In unserer Gegenwart konnten sie auch durch die Schleier, die von dunklen Machtkreaturen über die Erde gelegt wurden, schauen und unsere Unterweisungen wurden so unmissverständlich aufgenommen. Es ist wichtig, dass man sich selber zuerst einmal selber liebt. Ich meine nicht Selbstverliebtheit, sondern, dass man sich z. B. bei seinem Körper bedankt, dass er so fabelhaft funktioniert. Wir gaben ihnen Affirmationen, wie z. B.: Ich verehre und liebe dich, mein Körper, so wie ich mich verehre und liebe. Ich danke meinem Herzen für seine unermüdliche Kraft.

Wir zeigten ihnen wie sie ihre Shakren oder Nervenknoten reinigen konnten. Damals wie heute wurde es mit farbigem Licht gemacht, welches man sich vorstellte. Natürlich gibt es auch andere Techniken. Den Rittern war aber auch klar, dass sie niemanden anders etwas zu sagen oder zu befehlen hatten. Auch ihre Knappen oder andere Soldaten waren immer freiwillig bei ihnen. Wenn du dich zuerst einmal selber liebst, dann beginnst du auch andere zu lieben. Du bist dann in dir selber glücklich, denn niemand anderer kann dich glücklich machen.

Wir gaben ihnen auch Wissen über die Lichtengel, die jetzt in eurer Zeit sehr viel für euch Menschen tun und bestrebt sind euch zu helfen. Ihr müsst sie nur bitten. Denn sie dürfen ohne eure Zustimmung nichts für euch tun. Ihr müsst sie bitten, bei Krankheiten oder Streitigkeiten. Bei allen sogenannten Problemen, die ihr habt. Auch wir haben früher und auch neuerdings heute wieder die Personen, die nach Gott strebten, teilweise beschützt, indem wir ihnen positive Gedanken gaben. Sie haben uns nicht gesehen aber wir sind immer in ihrer Nähe, und alleine dadurch werden manchmal dunkle Kreaturen von ihnen abgehalten. Auch das haben wir den Rittern damals vermittelt und noch viele andere Dinge.

Es war auch für die Ritter wichtig, genauso wie für jeden Menschen heute, dass sie lernten, dass sie zuerst einmal nur sich selber gehörten und sonst niemanden. Jeder ist der König seiner eigenen Welt und niemand hat ihnen zu sagen, was sie zu tun haben. Auch der König des Landes wusste das und besprach jede Unternehmung mit seinen Rittern und holte ihre Zustimmung ein. Ein jeder Ritter, der an den

Zusammenkünften teilnahm, hörte in sich selber hinein und wenn ihm bei dem Thema übel wurde oder in irgendeiner Weise unwohl, so gab er es bekannt und zeigte damit, dass mit dem Thema etwas nicht in Ordnung war."

„Was ist passiert als ihr nicht mehr präsent wart, wer hat uns Menschen dann etwas gelehrt?"

„Natürlich waren wir nicht die einzigen, die unterrichtet haben. Es gab und gibt immer weise Menschen. Heute nennt ihr sie Meister oder Erleuchtete Personen. Diese weisen Menschen gab es schon immer durch die Zeit und natürlich heute auch. Sie führen das Geschick der Welt ganz im Stillen. Wer sie sucht mit reinem Herzen, wird sie finden. Viele Menschen werden schon durch sie geführt und merken es oft nicht, auch wenn sie nicht an Gott glauben, aber dem Ruf ihres Herzens folgen. Großartige Ideen kommen, wenn die Zeit dafür reif ist und sie werden Menschen eingegeben, die dafür empfänglich sind und das Wissensrüstzeug für diese Aufgabe mitbringen. Es gibt auch Menschen, die schon so weit fortgeschritten sind, dass sie sich das Wissen, dass sie brauchen sehr schnell anlernen und dann die neue Erfindung oder die neue Musik oder die neue Malerei oder die neue Statik, oder was auch immer, entwickeln.

Auch ihr beiden werdet durch einen Meister oder einen Lichtengel, je nach Situation, geführt, auch wenn es euch noch nicht bewusst ist. Ihr wäret auch nicht hier, wenn es nicht so wäre. Allerdings ist dein größter Meister immer dein eigenes höheres Selbst. Noch eine Frage?"

„Seid ihr auch Lichtwesen?" „Das ist auch eine gute Frage. Ja, wo wir hingehen löst sich die Dunkelheit auf und das heißt alle Angst verschwindet. Wir sind klein und brauchen auch nicht größer sein, weil wir uns nur den Menschen zeigen, die schon mit ihrem Herzen sehen und nicht nur mit ihren körperlichen Augen. Wichtig ist mir auch noch zu erwähnen, dass wir alle individuelle Wesen sind."

„Wie ist es mit den Transporterplatten? Wurden sie auch von Menschen entwickelt, die geführt worden sind?"

„Hihi", ein feines Lachen trifft die Ohren der beiden Gäste: „ja die haben euch imponiert! Nun bei diesen Platten handelt es sich um ein Geschenk einer Rasse von Existenzen, die viel weiter spirituell und technisch fortgeschritten sind, als ihr bis jetzt. Aber ihr Menschen der Erde werdet sehr schnell diese Technik erlernen. Vielleicht auch durch einen kleinen liebevollen Anstoß hier oder da. In Zukunft werdet ihr alle in dieser Galaxis zusammenarbeiten. Das Internet habt ihr ja schon erfunden und nutzt es viel. Alle Wissenschaftler oder Forscher oder Ingenieure werden zusammenarbeiten und ihr Wissen austauschen, alles wird schneller gehen und vor allem liebevoller, da jeder jeden anerkennt und mit ihm oder ihr sein Wissen austauscht, natürlich später auch mit außerirdischen Existenzen. Das wird aber noch eine Weile dauern. Denn zuerst müsst ihr Menschen wieder eure Göttlichkeit erlangen, bevor ihr mit anderen Existenzen oder Raumbrüdern zusammenarbeiten könnt, da ihr erst in der Lage sein müsst, zu erkennen, wer es gut mit euch meint und wer euch wieder übernehmen, versklaven und ausbeuten will. Dornath hatte es euch ja schon erklärt, dass die Menschen ohne Gott leben wollten und dann durch die Dunkelmächte in das Leiden und den Mangel geführt wurden, indem sie die Menschen belogen und betrogen. Es ist wichtig sich zuerst zu entwickeln, weil alle Technik nur eine Kopie der Geistigen Fähigkeiten sein kann. Um nicht von der Technik absorbiert zu werden, ist es nötig zuerst die Geistigen Fähigkeiten zu erlernen, bzw. zu entwickeln, wieder zu finden in sich selbst. "

Der Elf schweigt und schaut zu Peter und Ferdi herüber

„Ich habe noch eine Frage."

„Ja, heraus damit!"

90

„Was hat es mit dem Elfenstaub auf sich?" „Ja, das ist auch wieder eine gute Frage. Eine weitentwickelte Existenz, wie eure, wie ihr sie nennt, erleuchteten Personen, haben einen Schein um den Kopf, was ihre Erleuchtung anzeigt, wenn sie es wollen. In ihrer Gegenwart gibt es keine Angst, da Angst ein Faktum des Nichtlichtes ist und in der Gegenwart einer erleuchteten Person gibt es nur Licht. Nun, wir haben auch diese Möglichkeit durch den Elfenstaub. Wir benutzen ihn um anderen Existenzen ein bisschen auf den Weg zu helfen. So haben wir manche Ritter oder andere weit entwickelte Existenzen mit dem Staub gesegnet um ihr Herz zu öffnen. Das sah vielleicht für andere so aus, als wenn wir Elfenstaub streuen würden. Zumindest wurde es in späteren Zeiten so dargestellt, so erzählt. Kurz gesagt, wir streuen Elfenstaub nur selten. Noch eine Frage?"

„Nein. Danke für die Beantwortung!"

„Wir haben zu danken, dafür, dass wir zu euch sprechen durften. Wir lieben euch, wie wir jede göttliche Existenz im Universum lieben und zwar jede, so wie sie ist. Ihr habt in der Vergangenheit viel erleiden müssen, da ihr alle die dunkle Seite erfahren wolltet. Nun ist es aber an der Zeit, dass ihr zurückkehrt in die lichten Welten und zwar zu euch selbst, indem ihr zu eurem Selbst, zur Quelle, zu Gott, zurückkehrt. Ich danke euch noch einmal und verneige mich vor eurem Mut. Nun verabschieden wir uns und wünschen euch eine gute Heimkehr."

Damit wurde das Bild der Elfen undeutlicher, bis es ganz verschwand.

„Du hast ja überhaupt nichts gesagt, Ferdi!" „Ja, das stimmt. Ich war so fasziniert und wusste auch nichts zu fragen. Wer hätte das gedacht, dass es die Elfen auf der Erde tatsächlich gibt. Was wissen wir überhaupt. Wir wissen gar nichts! Unglaublich!"

Dornart lächelt und wendet sich den beiden zu: „Meine Lieben, ich möchte noch ergänzen, auch die Elfen waren in der letzten Vergangenheit von dunklen künstlichen Dunkelelfen gefangen worden und sind auch jetzt erst wieder in die Freiheit gegangen. Das heißt, dass sie in der nahen Zukunft mit dem Erwachen der Menschheit zu sehen sein werden. Wir sollten nun zum Mittagessen gehen."

Nach dem Mittag betreten die vier wieder die Halle, in der sie die Elfen gesprochen haben. Dornart führt sie wieder zu den Plätzen. Sorana übernimmt das Wort: „Wir haben noch einen Gast für euch, wenn ihr noch möchtet. Er jedenfalls möchte sehr gerne mit euch sprechen. Er ist ein Zyklop."

Sie sieht die beiden an und Peter und Ferdi nicken mit dem Kopf. Sorana erkennt, dass die beiden tatsächlich noch bestrebt sind mit einem weiteren Besucher zu sprechen. „Gut, ich werde ihn rufen. Er wird sich selber vorstellen!"

Wieder flimmert die Luft und auf einmal steht ein Mann vor ihnen. Er ist so groß wie die Menschen und schaut sie mit seinem einen Auge forschend an. Peter und Ferdi verspüren einen großen Respekt dieser Person gegenüber. Der Zyklop verneigt sich und beginnt zu sprechen. Diesmal können sie ihn mit ihren Ohren hören. Es ist nicht so wie bei den Elfen, die telepathisch zu hören waren.

„Mein Name ist Hehlsing. Ich bin ein Zyklop der nördlichen Rasse. Ich begrüße euch herzlich und freue mich zu euch sprechen zu dürfen. Ich habe großen Respekt vor euch und liebe euch sehr. Ich danke euch für eure Freundlichkeit mich anzuhören. Es ist lange her, dass ich zu Menschen gesprochen habe. Wir haben in früheren Zeiten zusammen auf der Erde gelebt. Es war noch bis in die Anfänge von Atlantis. Zuerst hatten alle Existenzen ein liebevolles Wesen und alle respektierten sich so wie sie waren. So wie die Menschen, waren auch wir wissbegierig und wollten die Natur und das Leben erforschen. Wir waren sozusagen im Wettbewerb, was uns damals Freude machte.

Wir waren, wie ihr vielleicht heute sagen würdet, ein wenig naiv, da wir nicht ahnten wohin das führen würde. Irgendwann will einer der Beste sein und das liebevolle miteinander bzw. gegeneinander wird zum Machtkampf. Ist man erst im Kampf, dann werden die Verhaltensweisen immer liebloser, danach immer unfreundlicher. Bis man wirklich gegeneinander kämpft. Wir wurden von den Medusen gewarnt, auch die Schlangenkönigin warnte uns. Die Medusen hatte sich schon auf die fünfte Dimension zurückgezogen. Aber wir waren so verbohrt, da auch wir ein wenig hellsichtig waren, sodass wir es nicht glaubten. Wir wurden dann im Laufe kurzer Zeit ausgerottet. Aber auch wir haben viele Menschen getötet. Dafür möchte ich mich heute entschuldigen. Wir haben in den anderen Dimensionen, in denen wir weiterlebten, gelernt, liebevoll zu sein und anderen ihre Taten, aber auch uns unsere Taten zu verzeihen. Viele von den Menschen wollten die dunkle Seite des Lebens erfahren und hatten sich deshalb auf der Erde inkarniert, aber auch wir und deshalb gibt es auf unserer Seite keine Opfer, da wir es so wollten. Wir wollten diese Leben so erfahren wie wir sie erfahren haben. Ich hoffe aber darauf, dass ihr alle uns eines Tages verzeihen könnt."

Hehlsing schweigt. Peter sucht nach Worten: „Auch wir begrüßen dich. Ich bin Peter und meine Begleiterin ist meine Frau Ferdi. Wir danken dir für deine Erklärung, dadurch erhellt sich auch unser Wissen. Natürlich vergeben wir auch euch, da es schon so lange her ist, sollte ein Streit doch vergessen sein."

„Das freut mich zu hören, da ihr dadurch ein Stückchen der universellen Liebe näher rückt. Wenn ich mir diese Bemerkung erlauben darf, da diese Kämpfe immer noch in eurem Unterbewusstsein aktiv sind und nur durch Liebe erlöst werden können. Habt ihr Fragen, dann bitte ich euch, sie mir zu stellen."

„Ja, ich habe eine Frage, sie ist mehr technischer Natur. Wir haben zwei Augen und ihr nur eines. Wie könnt ihr räumlich sehen. Durch unsere Augen sehen wir dreidimensional, wie ist das bei euch möglich?"

„Wir sehen nicht nur durch das eine körperliche Auge. Wir sehen auch mit dem, wie ihr es nennt: Dritten Auge. Unser Auge sitzt dort wo bei euch das dritte Auge sitzt. Daher sehen wir von Natur aus schon automatisch durch das dritte Auge. Das dritte Auge sieht sehr viel mehr als das körperliche Auge. Erst wenn ihr das dritte Auge geöffnet habt, dies wird nicht mehr lange dauern, werdet ihr genau so sehen können wie wir."

„Oh, danke. Das habe ich verstanden", er dreht sich zu Ferdi um und schaut sie fragend an: „Hast du es auch verstanden!" Ferdi nickt nur mit dem Kopf.

„Ich danke euch noch einmal, dass ich mit euch sprechen durfte und verabschiede mich nun. Ich freue mich auf die Zeit, die nun sehr schnell herannaht, in der wir wieder mit allen anderen Wesen zusammenleben werden." Hehlsink verneigt sich und verschwindet.

„Was für wunderbare Wesen. Was für ein Wissen wir hier bekommen. Wir danken euch wirklich sehr! Es ist einfach", er sucht nach Worten: „erleuchtend!" Peter strahlt seine Gastgeber an. Ferdi ist völlig in sich versunken und scheint im Moment nicht anwesend zu sein.

Nach dem Abendessen, das sie zusammen einnehmen, ergreift Sorana das Wort und beginnt: „Ihr Lieben, jetzt überbringen wir euch viel Liebe von Lady Gaya. Sie ist der Geist, der den Planeten Erde belebt. Sie hat sich schon damals in Lemuria, als die dunkle Zeit gerade langsam heraufdämmerte, damit einverstanden erklärt, dass die Erde durch eine lange dunkle Zeit geht.

Aber vor nicht allzu langer Zeit war es genug, sie wurde unterdrückt von den dunklen Kräften. Es wurden beispielsweise auch ihre

Lichtmeridiane durch dunkle Kappen abgedeckt und die natürliche Heilkraft der Natur für die Menschen und für andere Wesen, die auch mit euch auf der Erde leben, damit unterdrückt. Nun war sie bereit aufzusteigen in die nächste höhere Dimension. Auch die Menschen wollten in ihrer Gesamtheit auf ihrer höchsten Ebene wieder zurück zu Gott und nahmen ein Angebot Gottes an, sie wieder zurück ins Licht zu führen.

Da die Menschen begannen, in ihrer Unwissenheit, den Planeten zu zerstören, rief sie in der ganzen Galaxis um Hilfe, die sie natürlich auch bekommen hat. Ohne diese Hilfe aus den geistigen Reichen, wäre der Planet heute schon unbewohnbar. Aber ich schweife ab. Nun möchte sie natürlich, dass die Menschen, die inzwischen auch genug haben von der dunklen Zeit, von Hass und Krieg, und auch aufsteigen wollen, zurück ins Licht, sodass die Menschen mit ihr zusammen aufsteigen. Darum ist sie bestrebt, die Erde zu reinigen und alle krankhaften Anhaftungen zu beseitigen. Jedenfalls lässt sie euch sagen, dass sie dich Peter als sehr fesch und sympathisch findet und Ferdi als wundervolle Frau sehr liebevoll grüßt.

Ebenfalls soll ich euch die unendliche Liebe von Sanat Kumara überbringen, der, wie ihr vielleicht wisst, der Planetarische Logos der Erde ist und über die Entwicklung der Menschheit wacht. Er ist der Schöpfer der Schönheit der Erde. Wenn ihr einmal einen wunderschönen Wasserfall oder eine atemberaubende Hügellandschaft mit Wald und Wiesen oder die Schönheit unter Wasser in den Atollen seht mit der wundervollen Farbenpracht, sowie den dort lebenden Fischen, dann seht ihr die Arbeit von Sanat Kumara, der aus der göttlichen unendlichen Liebe diese Schönheiten erschaffen hat und auch noch weiter erschafft, natürlich in Zusammenarbeit mit der Mutter Erde. In der Zukunft werden alle Wunder und Schönheiten der Natur wieder aufblühen. Der Planet wird ein Paradies und ich sage einmal „Urlaubsparadies" der Galaxis werden. Auch er liebt euch, so wie ihr heute seid, mit unendlicher Zärtlichkeit. Fühlt euch von ihm/ihr gesegnet. Er lässt euch sagen, dass die Menschen heute von den Engeln und geistigen Lichtwesen, jede Hilfe bekommen, die sie brauchen, wenn sie mit einem Problem an dem sie schon gearbeitet haben, nicht mehr weiterkommen. Sie müssen nur darum bitten, denn die geistigen Wesen dürfen nicht, ohne gebeten zu werden, tätig werden, da der eigene Wille eines Menschen ein göttliches Gesetz ist, an den sich alle Lichtwesen halten.

Auch von unserer Seite, von Dornath und mir fließt unsere uneingeschränkte göttliche Liebe zu euch und hüllt euch ein und wir würden uns sehr freuen, wenn ihr diese Liebe in euch fühlen und annehmen würdet. Lasst euch damit Zeit, fühlt in euch hinein.

Wenn ihr gleich wieder in eure Höhle kommt, dürft ihr, nachdem ihr wieder den Sonnenuntergang bewundert habt, zurück in eure Höhle gehen und dann wird für euch dort eine Transporterplatte stehen, die euch direkt nach Hause in eure Wohnung bringt. Wir möchten uns nun verabschieden und wann immer ihr unsere Hilfe braucht, so dürft ihr uns drei Mal rufen und wir werden für euch da sein."

Inzwischen sind die zwei Besucher wie in Watte gepackt und schweben fast über den Boden als sie wieder ihre Höhle erreichen. Dornath und Sorana bleiben stehen und heben die Hand. Mit einem Lächeln werden sie immer durchsichtiger, bis sie ganz verschwunden sind. Dort wo gerade noch der Raum zu sehen war, von dem sie kamen, ist nun wieder eine Felswand entstanden.

Peter nimmt Ferdi an die Hand und meint: „Es ist einfach so phantastisch! Was mich noch besonders beeindruckt hat, ist, dass es die Wesen mit einem Vogelkopf oder anderem Tierkopf, die man als Zeichnung an den Höhlenwänden von vor zig Tausend Jahren fand, wirklich gegeben hat und dass sie den Menschen so simple Dinge, wie das Aussäen von

Getreidekörnern mit dem späteren Ernten und ähnlichen landwirtschaftlichen Dingen, beigebracht haben. Vor allem wundert es mich, dass die Menschen ihnen wirklich vertraut haben und es dann auch übernommen haben. Manch einer fragt sich heute noch wie die Menschen von Jägern und Sammlern zu Bauern wurden. So viele erstaunliche Dinge, wie die Wesen, die mit uns auf der Erde leben." Er lässt Ferdis Hand los und die beiden setzen sich vor die Höhle und bewundern wieder den Sonnenuntergang, der heute noch schöner als an den vorherigen Tagen zu sein scheint. Beide sind ganz in Gedanken aneinandergeschmiegt. Das volle Rot der Sonne liegt auf ihren Gesichtern und der Sonnenball verschwindet langsam hinter den Hügeln.

Als die beiden in die Höhle treten, sehen sie ihre Rucksäcke an der Wand stehen. Alles kommt ihnen so leicht und unwirklich vor. Sie nehmen ihre Sachen auf, schauen sich noch einmal in der Höhle um, dann sehen sie sich in die Augen. Bei Ferdi laufen ein paar Tränen über die Wange. Sie schmiegt sich an Peter und beiden treten gleichzeitig schweigend auf die vor ihnen liegende runde Platte.

„Steh' auf du Faultier. Die Sonne scheint schon kräftig und du liegst immer noch im Bett!" Ein Brummen kommt unter der Decke hervor und Peter blinzelt mit den Augen. Wir haben Urlaub! Ich darf noch im Bett liegen!"

„Hier ist dein Frühstück, setz dich hin, sonst kann ich dir das Tablett nicht auf das Bett legen. Nun mach schon, der Tee wird kalt! Ich habe schon gefrühstückt. Es ist ja auch schon fast zehn Uhr."

Peter rutscht in seinem Bett nach oben und setzt sich hin. „Weißt du, was ich geträumt habe?"

„Hältst du bitte mal die Tasse, dann kann ich das Tablett besser hinstellen. Ich will nicht, dass die Tasse überschwappt, oder umkippt."

Sie hält Peter die Tasse hin, der sie entgegennimmt. „Ich habe wirklich interessant geträumt! Hör mal!"

Peter beißt in sein Brötchen und sieht sie an, weil er eine Antwort erwartet. „Schön für dich."

„Ich war mit dir auf Abenteuerurlaub. Einen Tag sind wir durch einen Urwald gelaufen und…" „Einen Urwald? Mit all den Spinnen und Schlangen und wilden Tieren. Brrrr, vergiss es. Ich würde nie mit dir durch einen Urwald laufen. Da würde ich ja Alpträume von bekommen, alleine, nur, wenn ich daran denke. Ne, lass mal, das brauchst du mir nicht zu erzählen! Besser du träumst morgen etwas Anderes. Ich will in die Küche. Du weißt doch Träume sind Schäume!"

Sie geht aus dem Zimmer. In der Küche hört er sie fragen: „Sag mal, liegt mein Handy da irgendwo?"

Peter fühlt etwas Hartes im Bett. Er stellt vorsichtig das Tablett zur Seite und schaut unter seine Decke. Weiter unten kann er mit der Hand etwas fühlen, das könnte es sein. Er nimmt es in die Hand und schaut verständnislos darauf. In seiner Hand hält er das Goldstück, das ihnen Sorana geschenkt hat.

„Gib mir fünf!" Die Hände klatschen zusammen.

„Das haben wir doch gut arrangiert. Was sagt deine Intuition darüber aus?"

„Das gleiche wie deine! Er wird ein Buch schreiben und es veröffentlichen. Dadurch werden viele Menschen von uns erfahren!"

„Wir Medusen sind schon die Besten! Haha!" Zustimmend nicken ein Einhorn und ein Kentauer mit dem Kopf.

Dédscherdomro

„Haben Sie sich Punkte der Verhaltensweisen im Notfall überlegt?" „Ja, ich habe eine Liste erstellt!" „Bringen Sie sie bitte mit in den Unterricht!" Ein langgezogenes: „Okay!", kommt von mir. „Gut, bis später!"

Eigentlich habe ich die Liste aus einem Buch kopiert, bringe ich die Kopie mit oder schreibe ich die Liste noch ab, frage ich mich. Ich werde mich gleich an die Arbeit machen. Mist, ich bin noch immer nicht geduscht und laufe hier mit meinem olivgrünen Bademantel herum und nun so etwas. Ich werde mich gleich daranmachen. Eigentlich ist es nicht meine Aufgabe. Eigentlich soll er so etwas selber machen. Wie kommt er wohl dazu, sie von mir zu verlangen, und warum habe ich zugestimmt? Also zurück ins Zimmer! Ich drehe auf dem Absatz um, laufe in Richtung Zimmer. Nein, die Mappe liegt ja noch im Auto! Das Auto steht hinten auf dem Hof. Das ist nicht gestattet. Es sollte vorne stehen, vor dem Haus, um im Notfall flüchten zu können. Also wieder umdrehen, zum Auto und die Mappe holen. Vielleicht kann ich dann ja auch das Auto gleich nach vorne fahren. Ich renne zur Treppe. Gottseidank habe ich schon die Turnschuhe an. Im Haus wird wohl niemand etwas dagegen haben, aber draußen? Egal, jetzt wird alles zeitlich zu eng, also raus auf den Hof. Auf dem Hof treffe ich Ernst. „Guten Morgen. Wie geht es dir nach gestern?", frage ich während ich eilig in Richtung Auto gehe.

„Alles gut, du warst ja doch noch ein wenig human mit deinem Training." Er horcht auf, schaut mich an: „Hörst du das?" Im gleichen Moment habe auch ich es gehört.

„Ja, ein Hubschrauber!" Wir schauen beide nach oben, können den Heli entdecken und schauen ihm zusammen nach: „Der fliegt zu der Wiese auf der wir trainiert haben, beim Rundgebäude! Er ist falsch!", sage ich hektisch: „Kannst du ihn erkennen?" „Nein, wir müssen hin, ihn hierhin dirigieren!" Meine Anweisung kommt prompt: „Gut, komm mir nach, sag den Wachen, sie sollen uns folgen aber für Ersatz um das Haus sorgen!"

Das Auto kann ich vergessen, jetzt ist es wichtig die Leute vom Hubschrauber hierher zu lotsen! Wenn es denn unsere Leute sind, aber davon bin ich überzeugt.

Ich sehe, wie meine Männer hinter uns, auf uns zu rennen. „Ernst, lass uns laufen, wir wissen nicht wirklich wer sie sind. Zu Fuß können wir uns in Deckung bringen. Jetzt los, lass die Leute etwas zurückbleiben. Sie sollen uns Deckung geben!" Ich laufe los, Ernst instruiert die Leute indem er ihnen Handzeichen gibt. Sie verstehen ihn, die Zeichen sind eingeübt.

Ernst ist ein guter Mann. Er kommt zwar aus einem anderen Distrikt, ist aber sehr zuverlässig. Ich renne in meinem Bademantel und den Turnschuhen weiter. Der Feldweg geht an einer dichten Baumreihe vorbei.

Ich höre ein Brechen und liege auch schon neben der Straße auf der Böschung vom Straßengraben. Ich schaue über die Böschungskuppe. Nichts zu sehen, nicht zu hören. Ich spähe über die ganze Straße, meine Leute sind auch in Deckung gegangen. Weiterhin nichts mehr zu hören und zu sehen. Jetzt erkenne ich, dass ein Ast von einem Baum ziemlich weit unten abgebrochen ist, und in die andere Richtung gefallen ist, sodass ich es nicht sehen konnte.

Die Bäume werden immer schneller labil. Das Leben verlässt die Bäume immer schneller. Kleine Bäume wachsen zwar noch auf, aber werden nicht mehr alt.

Ich erkenne, keine Gefahr, ich springe wieder auf die Straße und renne weiter. Ernst ist nun neben mir. Wir laufen auf das Rundgebäude zu, der Hubschrauber ist dahinter gelandet. Ein Mann kommt um die Ecke. Ernst läuft auf ihn zu. Ich sehe, sie kennen sich. Ich bin stehen geblieben und warte ab. Der Mann kommt mit Ernst zu mir zurück und sieht mich abweisend an. Er fragt nicht wer ich bin, er vertraut Ernst. Wahrscheinlich sind sie aus der gleichen Einheit. Ich schaue an mir runter. Ja immer noch im olivgrünen Bademantel und den Turnschuhen. Der Mann zieht Ernst mit sich und befiehlt mir: „Bleiben Sie hier oben und bewachen Sie den Eingang!" Die Stimme scheint keinen Widerspruch zu dulden.

Ich bin auch nicht daran interessiert in das Gebäude zu gehen. Ich wäre ohnehin hier draußen geblieben. Die beiden, muss ich jetzt Kollegen sagen, sind schon im Gebäude verschwunden. Ich gehe auf einen kleinen Wall um den Hubschrauber besser zu sehen. Ich bin darauf gespannt, was für Symbole auf dem Helikopter gemalt sind. Von welcher Einheit kommt er? Oder ist er zivil? Das Gebäude steht nahe links von mir, der Helikopter rechts von mir, aber weiter weg. Ich will näher rangehen, doch abrupt bleibe ich wieder stehen.

Ich traue meinen Augen nicht, über einen Hügelkamm kommen Soldaten in vollem Lauf auf uns zu. Sie sind zwar noch so fünfhundert Meter weg, aber meine Beine reagieren zuerst. Ich renne auf den Eingang des Gebäudes zu. Es ist rund und ca. zehn Meter breit. Die Treppe geht nach oben und nach unten. Sie ist etwa vier

Meter breit. Ich renne die Stufen hinunter und schreie aus vollem Hals: „Raus da unten! Raus da unten!" Ich renne weiter, verdammt wieviel Stockwerke sind es? Gleich sind die Soldaten hier und ich weiß nicht ob es unten einen Fluchtweg gibt. Ich höre mich immer noch schreien: „Raus hier! Raus hier!" Mein Verstand holt mich endlich ein. Ich muss mich an die Regeln halten! Also schreie ich: „Alarm, Alarm!" Mein Herz klopft wie wild. Ich muss hier raus, gleich sind die Soldaten da. Ich muss hier raus! Schnell! Ich sehe Ernst kommen und drehe auf der Treppe um und renne wieder nach oben. Mein Atem fliegt. Ich renne und renne! Diese verdammte Rundtreppe. Ich komme nicht wirklich voran. Ich renne weiter, es geht um mein Leben. Ich bin endlich im Erdgeschoss und sehe einen Soldaten, der auf mich zuläuft. ich renne weiter die Treppe nach oben. Vielleicht hat er mich für einen Soldaten gehalten. Ich mit meinem olivgrünen Bademantel. In der Mittelsäule ist ein Lift. Ich reiße die Tür auf und steige ein. Der Soldat ist mir nicht gefolgt, der Lift bewegt sich nach oben.

Die Tür geht auf, ich spähe nach draußen. Niemand dort. Ich verlasse den Lift, schaue die Treppe hinunter und kann noch Niemanden sehen. Auch hier bin ich nicht sicher, muss von hier wegkommen und zwar schnell. Ich gehe um den Aufbau herum. Es ist ein Aussichtsturm aus alten, besseren Tagen. Wo gibt es denn noch sowas? Ich wundere mich, bin aber auch ein bisschen fasziniert.

Nun treffe ich auf einen Mann. Er schaut mich freundlich an und ist wie ein Jäger angezogen. „Schöne Aussicht hier, schauen Sie!" Ich antworte nicht und sehe den Kasten mit dem Feuerschlauch. Hastig öffne ich ihn und ziehe den Schlauch heraus. Ich schaue nach unten. Ich kann es nicht fassen, die Soldaten sind alle in das Haus gelaufen? Ich kann es nicht glauben. Nun höre ich unten im Gebäude die trockenen Knallgeräusche einer Maschinenpistole. Der Hubschrauber könnte mich retten.

Ich werfe den Schlauch über die Brüstung und lasse mich hinunter. Es sind noch fünf Meter im freien Fall bis zum Boden. Das ist kein Problem für mich. Ich lasse mich fallen und komme gut auf und will zum Hubschrauber laufen.

Schreck, da sind doch Soldaten, sie haben mich scheinbar noch nicht gesehen. Volle Deckung, zurück! Ich werfe mich hinter den kleinen Wall. Im Kriechgang haste ich am Wall entlang. Hier ist eine Baumreihe, hinter den Bäumen komme ich hoch und renne weiter.

Da vorne sehe ich Kühe. Wunderbar! Die Soldaten haben mit Sicherheit einen

Wärmescanner. Eine Kuh liegt im Gras unter einem Baum. Ich lege mich dahinter. Wenn ich Glück habe wird nur die Kuh gescannt. Mein grüner Mantel tarnt mich gegen eventuelle Sicht. Ich drücke mich ganz eng an die Kuh.

Ich höre den Helikopter aufsteigen. Dann erfolgt ein schrecklicher Lärm und ein Kugelregen. Ich sehe wie die Kühe umfallen.

Die Kuh neben mir will aufstehen, ich flüstere: „Bleib liegen, bleib liegen!" Die Kuh, halb aufgestanden, wird getroffen, fällt um und begräbt eine Hand mit dem Unterarm von mir. Ein schlimmer Schmerz durchzuckt mich. Hoffentlich ist nichts gebrochen. Der Hubschrauber kreist, nicht bewegen! Vielleicht hat mir die Kuh das Leben gerettet. Ich höre den Heli abdrehen. Wo sind die anderen Soldaten, ich traue mich noch nicht, mich zu bewegen.

Ich horche in die Gegend. Mein Herz klopft sehr hart und laut in meinen Ohren. Ich kann noch nichts wirklich hören. Der Helikoptermotor wird leiser. Mein Puls muss ruhiger werden. Ich bleibe liegen und warte und horche. Meine Sinne sind aufs äußerste gespannt. Wo fliegt er hin, frage ich mich. Mein Gott, was ist, wenn die Soldaten zu unserer Unterkunft kommen? Alle Personen sind auf Lehrgang und unbewaffnet. Die Waffen sind verschlossen und sollen erst heute im Unterricht wieder ausgegeben werden. Ich muss zur Unterkunft. Ich muss sie warnen!

Ohne es zu wollen hebt sich mein Kopf und späht über die Kuh hinweg. Nichts zu sehen, vorsichtig drehe ich mich in die andere Richtung. Ich sehe die Soldaten vor dem Rundgebäude stehen. Sie stehen entspannt und rauchen. Langsam versuche ich meinen Unterarm unter der Kuh hervorzuziehen. Es geht besser als ich befürchtet hatte.

Immer noch langsam krieche ich hinter die Bäume. Ich muss auf den Weg kommen und dann zur Unterkunft. Ich stolpere, mein Fuß wird weggezogen und ich lande auf meinen Händen. Ein schlimmer Schmerz durchzuckt ein weiteres Mal meinen linken Arm. „Bleib liegen!" wispert eine Stimme. Ich schaue zur Seite. Es ist Ernst. Vorsichtig kriecht er zu mir vor. „Ich habe deine Leute instruiert, die Unterkunft zu warnen. Sie sind schon weg!", flüstert er hinter seiner Hand mir zu. Er kommt noch weiter nach vorne und zeigt mir seine andere Hand. In ihr liegt eine Waffe. Mit dem Zeigefinger macht er das Zeichen, dass ich schweigen soll. Dann wispert er: „Meine Kollegen haben sie mir gegeben. Ich musste einen der Soldaten töten. Ich weiß nicht ob meine Kollegen mit dem Hubschrauber noch leben!"

Auf einmal grinst er und flüstert: „Tollen Kampfanzug hast du an, **die** totale Tarnung!" Unwillkürlich muss ich auch grinsen. Ja, wenn ich genau überlege, vielleicht hat mir mein Bademantel sogar das Leben gerettet wie auch der Jäger auf dem Dach, der wahrscheinlich für mich sterben musste. Der Mann und der ausgerollte Schlauch haben wahrscheinlich jeden Soldaten davon überzeugt, dass dieser Jäger mit dem Schlauch fliehen wollte und man hat nicht weiter nach jemand anderem gesucht.

Ohne etwas zu sagen, kriechen wir synchron weiter. Ich merke, dass ich langsam weniger Adrenalin im Blut haben muss. Ich werde ruhiger, kann besser überlegen. „Wenn wir in die Nähe der Unterkunft kommen, müssen wir wieder vorsichtiger werden. Unsere Leute werden auf alles schießen, was sie nicht identifizieren können".

Auf einmal fällt mir ein, dass man den Kampfanzug auch doppeldeutig sehen kann. Ich fange an zu lachen. Ernst sieht mich grinsend, fragend an. Ich sage: „Kampfanzug! im Bett!" Ich muss wieder lachen. Er fängt auch an zu prusten.

Ich schaue mich um. Es sind uns keine Soldaten gefolgt. Wenn ich mich etwas erhebe, kann ich immer noch einige Köpfe von ihnen sehen. Sie haben die Helme abgenommen und rauchen immer noch. Sie scheinen auf etwas zu warten. Sie haben ihren Auftrag erledigt und warten.

Ich stoße Ernst ein wenig an und zeige nach vorne. Auf allen vieren krabbeln wir weiter, so geht es etwas schneller. „Kampfanzug!", sage ich und lache wieder. „Hör auf!" Auch mein Kollege lacht. Wir krabbeln lachend weiter. Jedes Mal wenn ich an mein Outfit denke, muss ich lachen, wenn mir Ernst in die Augen sieht muss auch er lachen. Nach einer Kurve stehen wir auf und gehen weiter. Wir haben einen richtigen Lachanfall. Immer wieder, wenn wir uns ansehen, müssen wir lachen. „Du verrückter Kerl, ich kann nicht mehr! Hör endlich auf!"

Wir haben einen Kollegen an einem Baum entdeckt. Er hat uns schon gesehen und winkt, dass wir kommen sollen. Wir laufen schneller und erreichen ihn nach einem kurzen Moment. Die Wache sieht mich an und schüttelt mit dem Kopf und meint so nebenbei: „Komischer Kampfanzug!" Wieder fangen Ernst und ich an zu lachen und können uns kaum halten. Die Wache sieht uns verständnislos an, zuckt mit der Schulter und geht zurück.

Nach dem Mittagessen, was ich zwar reichlich zu mir nahm, aber ziemlich hastig herunterschluckte, da ich kein Frühstück hatte, gehe ich in den Unterricht. Ich bin dafür zuständig, unseren Leuten unsere Waffen und technischen Möglichkeiten wieder und wieder ins Gedächtnis zu rufen, damit sie im Ernstfall daran denken und sich helfen können.

Die Punkte für die Verhaltensweisen im Notfall habe ich nicht mehr aus dem Auto geholt. Das muss der Kollege selber machen. Ich habe andere Aufgaben. Ich weiß nicht warum Gulgon, er ist ein hohes Tier, er hat sich als Generaloberst vorgestellt, die Punkte von mir haben will. Vielleicht will er seinen theoretischen Unterricht an meinen anpassen. Ich verstehe den Mann nicht wirklich. Er ist ein reiner Schreibtischmensch. Wie kommt er in eine Kampfeinheit. Was kann dieser Mann, dass man glaubt ohne ihn nicht auskommen zu können. Nicht das ich ihn nicht mag. Er ist sanft und lieb, aber kein Kämpfer.

Als ich in die Klasse komme, sitzen die Männer schon da und warten auf mich. Ich begrüße sie und will von ihnen wissen, ob sie über den Vorfall vor einer Stunde unterrichtet sind. Sie nicken mit dem Kopf. Ich will es genau wissen und frage jeden einzelnen. Aber alle sind informiert.

„Gut, beginnen wir mit dem Unterreicht. Wer kann mir den Unterschied zwischen dem Begriff ‚Schützen' und dem Begriff ‚Sichern' sagen?" Das ist zwar ein wenig Theorie, aber es ist wichtig, dass jeder ganz genau die Bedeutung der Begriffe kennt. „Okay, ‚Schützen ist der Begriff für das Schützen einer Person oder eines Gegenstandes, wie z. B. ein Haus. Der Begriff ‚Sichern' bezieht sich nur auf die Person die eine andere Person schützt oder ein Haus schützt. Also man selber sichert sich und schützt eine andere Person."

Ich will gerade fortfahren, da läuft mir ein Schauer über den Rücken. Es wird draußen auf einmal dunkel. Ich sehe über die Köpfe meiner Schüler durch das Fenster nach draußen. Über dem Horizont kommt ein Schlachtraumschiff im Tiefflug. Es ist riesig. Es nimmt den ganzen Himmel ein. Unter dem Schlachtschiff fliegen die Killerkampfmaschinen. Sie sehen aus wie große Hubschrauber, haben aber ein Schutzschild und sind mit herkömmlichen Waffen nicht vom Himmel zu holen.

Als ich wieder in die Klasse schaue, sehe ich wie ‚plopp', ‚plopp' ein Mann nach dem anderen verschwindet und die Luft das Vakuum mit dem Plopp auffüllt.

Mein Gehirnimplantat ist angesprungen. Es teilt mir mit, dass ich gleich weggebeamt werde. Meine Klasse wird von unseren Leuten in Sicherheit gebracht. Die Wachen haben aufgepasst.

Im nächsten Augenblick sehe ich durch das Fenster wie der Turm, von dem ich heute Morgen geflohen bin mit einer Destruktorwaffe entmaterialisiert wird.

Dann ändert sich mein Umfeld. Ich stehe scheinbar in einem Bunker. Nun passiert umgekehrt das plopp und nach und nach erscheinen alle Männer aus meiner Klasse in diesem Raum. Wir müssen sehr tief unter der Erde sein, die Destruktorwaffen arbeiten bis zu zehn Meter tief in die Erde hinein. Von dem Turm mit der Wendeltreppe ist wahrscheinlich nichts mehr vorhanden. Nur noch ein großes Loch.

Ein Offizier, der den gleichen Rang hat wie ich, tritt auf mich zu und bittet mich ihm zu folgen. Ich blicke auf meine Männer und sehe, dass sie sich diszipliniert verhalten. Ich folge dem Offizier. Seine Paspelierung zeigt mir, dass er vom Stab ist. Sie ist rot. Meine Paspelierung ist olivgrün. Ich bin von den Kampftruppen.

In einem kleinen Raum wird mir Platz angeboten. Ich setze mich synchron zu dem Offizier. „Bitte verzeihen Sie, dass ich sie so unmittelbar von ihren Leuten weghole, aber wir brauchen Sie genau *jetzt*! Wir wissen, dass Sie schon öfter unter der Zivilbevölkerung waren und für uns gearbeitet haben. Genau jetzt deshalb, weil ihr Schatten schläft und Sie etwas für uns tun können."

Mein Schatten ist eine Zivilperson, die fast so aussieht wie ich und die nichts von mir weiß. Wir scannen diese Person, die völlig unbedeutend in der zivilen Welt ist und wissen genau über sie Bescheid. Wir kennen alle ihre Bewegungsabläufe. Ich habe völlig identische Papiere, die mich als die Person, also meinen Schatten, ausweisen. So kann ich mich im Rahmen dieser Person überall im zivilen Bereich ungehindert bewegen. Die Stimme reißt mich aus meinen Gedanken.

„Wie Sie sich bewegen ist Ihre Sache. Hier sind Ihre Papiere und Geld. Wir wollen wissen, was es mit der neuen Attraktion auf dem Jahrmarkt auf sich hat. Finden Sie das für uns heraus. Die Attraktion heißt *Millionenritt*. Es wird jedem versprochen, dass er eine Million bekommt, wenn er den Ritt, was das auch immer sein mag, gewinnt. Wir wollen wissen, was es damit auf sich hat und ob es für uns nutzbar ist. Wenn ja, dann werden wir die Personen durch Duplikate ersetzten. Es ist Sommer, die Tage sind kurz. Es wird draußen dunkel sein."

Eine Frau betritt den Raum und bringt mir zivile Kleidung. Ich ziehe sie sofort an und stecke die Papiere und das Geld ein. „Sind Sie bereit?" Ich nicke. Mein Gehirnimplantat meldet wieder eine Beamung.

Schon ändert sich die Umgebung. Ich materialisiere in einer dunklen Seitenstraße. Hier wohnt scheinbar niemand, denn die Häuser sind alle dunkel. Ich gehe sofort los. Ich bin telepathisch begabt und fühle Gedanken, aber nur, wenn sie auf mich gerichtet sind. Ich komme in eine Straße, in denen die Fenster beleuchtet sind. Die Menschen sitzen an ihren Fernsehgeräten und ich bemerke die Dumpfheit in der Straße. Die Medienleute haben uns Menschen verraten und belügen die Bevölkerung. Die Invasoren haben ihnen viele Mittel gegeben und alles wird so verkauft auf den Bildschirmen, dass man als Zivilperson nicht mehr unterscheiden kann was Lüge ist und was ist die Wahrheit. Die Zuschauer nehmen alles auf, was man ihnen dort erzählt und glauben alles. Sie werden zu Hass auf Menschen angestachelt. Menschen, die sie nicht kennen. Aber sie glauben, was man ihnen erzählt. Es werden ihnen nur brutale Filme, erschütternde Filme, schreckliche Kriegsszenen oder Reportagen von verzweifelten Menschen gezeigt um ihre Stimmung tief zu halten, damit sie auf keinen Fall in eine glückliche Stimmung kommen und ihre innere Göttlichkeit erkennen, denn davor haben die Machthaber am meisten Angst. Es werden nur Bücher, Filme, Spiele und Sport gefördert, die die tiefsten Ängste oder

Aggressionen in den Menschen fördern. Die Vorschriften werden immer komplizierter und wenn die Menschen es nicht verstehen, dann werden sie bestraft. Alles ist auf diesem Planeten auf Strafe aufgebaut, die Politik, die Arbeit, der Sport, die Religion. Liebe, Verständnis und wahre Hilfe gibt es so gut wie nicht. Wenn sie fernsehen, ist ihr eigenes Bewusstsein so gut wie abgeschaltet.

Die Dumpfheit liegt wie Blei auf meinen Schultern. Hier muss ich sehr gut auf mich Acht geben. Die Straßen werden nicht mehr gepflegt, immer wieder wird den Menschen eingehämmert, dass sie sparen sollen, dass kein Geld da ist für Reparaturen. Was man ihnen nicht sagt ist, dass das Geld in dunkle Kanäle fließt. Vorsicht - es gibt Stolperkanten.

Es werden ganze Schwadronen von Betrügern ausgesandt, die die Menschen verwirren und betrügen sollen, um an ihr Geld zu kommen.

Bei den Straßenanschlüssen an den Brücken kann es zu breiten Streifen kommen, die ins Nicht führen. Man kann sich hier die Beine brechen oder in den Tod fallen. Wenn es wirklich noch einen Baum gibt, hat er die Fußwege hochgedrückt.

Es kann Fallgruben geben. Sie sind gesichert mit Holografischen Deckeln. Man kann mit den Augen die Fallgruben nicht erkennen. Ich muss mich auf meine Intuition verlassen. Meine Hellsichtigkeit hilft mir hierbei nicht. Ich gehe vorsichtig weiter, meine Intuition übernimmt die Kontrolle. Meine Füße bleiben unvermittelt abrupt stehen. Ich tue so, als wenn ich mir eine Elektronische Zigarette in den Mund stecke. Meine Intuition hält mich davon ab, weiter vorwärts zu gehen. Ich gehe nach rechts über die Straße. Auf der anderen Seite bewege ich mich langsam wieder Richtung Stadtzentrum. Ich weiß, dass die Menschen, die diese Fallen aufbauen, totale Glücksmomente fühlen, Gefühle der Macht, wenn ihnen ein Opfer in die Falle gegangen ist, denn es wird ihnen ja immer wieder eingeredet, dass sie nur arme Glaublose sind, die alleine nichts erreichen können. Es reißt sie aus der Lethargie und wirkt wie eine Droge. Sie tun mir leid, aber ich muss mich weiter auf meine Intuition verlassen, an die ich die Kontrolle abgegeben habe. Wir konnten schon einige von ihnen rekrutieren, es hat lange gedauert bis sie uns vertrauten, aber die Arbeit bei uns hat sie alle irgendwann überzeugt. Bei uns war es sehr viel interessanter und auch spannender als das fast gelähmte Leben ohne Sinn und Ziel. Es sind meist sehr junge Jugendliche, auch ich wurde hier rekrutiert.

Ich kann mich noch genau daran erinnern, meine Mutter war gestorben und niemand kümmerte sich um mich. Ich lief in der Stadt herum und wusste nicht was zu tun sei. Alle die ich kannte, waren mit mir unzufrieden. Ich war dauerwütend, da mich niemand anhörte und ich mich nicht artikulieren durfte. Ich war für niemanden interessant und musste auf der Straße leben. Irgendwann fand ich ein altes Buch, das weggeworfen wurde und fand es geheimnisvoll und spannend. Ich konnte nicht lesen. Wir bekamen nur elektronische Bücher, die auf Knopfdruck den Text durchlasen. Natürlich konnten sie auch Schrift lesen, aber als ich das Buch mir vorlesen lassen wollte, wurde mir nach der ersten Seite gesagt, dass der Text nicht sicher sei und nicht weiter vorgelesen werden konnte. Ich hatte per Zufall gehört, dass es in den Wäldern Bäume und Sträucher gab, die Früchte hatten, die man essen konnte. Ich wusste davon nichts und wollte nun unbedingt in den Wäldern danach suchen. Das Buch wurde zu meinem Talisman und ich hatte es immer bei mir, denn in ihm waren auch Bilder der Pflanzen, die Früchte trugen. Ich lief also in die Wälder, die fast verlassen waren, da sich niemand aus der Stadt heraustraute. Immer wieder wurde uns eingebläut, dass es in den Wäldern gefährlich sein und es dort wilde Tiere gab. Ich wollte es nun genau wissen und lief in die Wälder. Dort begegnete ich einem Jungen der etwas älter war

120

als ich und er erzählte mir von der Welt, wie ich sie noch nicht kannte. Er sah mein Buch und wollte hineingucken, aber ich wollte es ihm nicht geben. Ich war es gewohnt, dass man niemanden trauen konnte und gibt man erst einmal etwas weg, war es fraglich ob man es je wiederbekam. Aber irgendwann zeigte ich es ihm, ohne es ihm zu geben und er konnte lesen. Er konnte mir sagen was in dem Buch stand. Ich war fasziniert und wollte auch lesen lernen. So gab er mir Unterricht im Lesen. Bald konnte ich mein Buch lesen und erfuhr neue Dinge, Dinge die er mir schon gesagt hatte, die ich aber nicht glauben wollte. Nun konnte ich es im Buch selber nachlesen. Ich begann ihm zu vertrauen, denn er hatte mich nicht angelogen. Er nahm mich nach einigen Wochen, als wir eine Freundschaft geschlossen hatten, mit in die Untergrundbewegung. Zuerst war ich misstrauisch und hörte mir alles genau an, aber je länger ich es mir anhörte, desto glaubwürdiger wurde es für mich, dass wir nicht durch einen Zufall entstanden sind, sondern durch die schöpferische göttliche Kraft. Dass alles im Universum belebt ist erschien mir plausibler, als dass was man uns gelehrt hatte, dass alles durch einen Zufall entstanden ist. Meine Intuition, und auch, dass ich merkte, wenn jemand an mich dachte, hatte ich schon vorher, sonst hätte ich auf *den Straßen nicht überleben können. Ich stahl zuerst immer nur gute Kleidung, damit ich nicht auffiel. Gut gekleidet machte seriös. Meine Nahrung war Ziel Nummer zwei.*

Meine Gedanken schiebe ich zur Seite, ich muss hier sehr wachsam sein. Ich fühle mich zurückversetzt in meine Jugend. Hier wie damals, geht es um mein Leben.

Es gibt überall auch elektronische Hunde. Sie bewachen meistens nur Wohnungen, aber es kann auch vorkommen, dass sie einen Eingang bewachen. Sie sind hochgefährlich, denn sie bewegen sich völlig lautlos und bellen nicht. Sie sind wie Todesschatten. Viele sind aufs Töten eingestellt. So, wie ich diese Gegend einschätze, hat sich seit meiner Jugend nichts verändert. Wenn man angefallen wird, kommt keine Hilfe von der Polizei. Sie, die Polizei, traut sich nicht in diese Gegend. Auch die Polizei kann diese Hunde nicht erschießen, denn die Polizisten haben keine Destruktorwaffen. Ich sehe ca. zwanzig Meter vor mir glühende Augen. Es ist ein Hund. Ich gehe langsamer und wechsle wieder die Straßenseite. Die Programmierung der Hunde lässt nur einen Angriff auf eine Entfernung von maximal drei Metern zu.

Meine Intuition lässt mich weiter über die Straße gehen. Hier fehlt ein Sichtschachtdeckel in der Straße. Ich muss daran vorbei und mich schnell auf die andere Seite begeben.

Autos fahren hier nicht langsam. Sie achten in diesen Straßen nicht auf Menschen, denn sie sehen in jeder Person in der Nacht einen versteckten Angriff. Wieder spüre ich den Druck auf meinem Körper liegen. Ich stehe unter Anspannung. Wichtig für mich ist es, mich wieder daran zu erinnern, meine Stimmung hochzuhalten. Wenn ich mich in die negative Stimmung einlasse, kommt die Angst, die unterschwellige Angst eventuell hoch und ich will und darf nicht in Panik geraten. Allerdings bin ich in meiner Jugend so ziemlich immun dagegen geworden. Denn Panik bedeutet meistens das Ende des Menschen. Deshalb die Stimmung hochhalten, das hält die Angst unter der Schwelle und hochnegative Menschen von mir ab.

Ich schaue mich vorsichtig um und bemerke, dass ich in eine noch ärmere Gegend komme. Hier gibt es zwar Straßenlaternen, die wurden aber schon vor Jahrzenten abgestellt und rosten vor sich hin. Sie können zu einer Gefahr werden, wenn sie kurz über dem Boden abbrechen und umfallen.

Hier gibt es keine Fernsehgeräte. Nur gnadenlose Armut, Leid und Krankheit. Ich fühle, dass ich beobachtet werde. Die Gedanken gelten mir und sind ausgesprochen feindlich und brutal. Einer will mich mit einer Axt erschlagen, traut sich aber nicht. Ein anderer will mich erstechen. Aggressionen und Hemmungen halten sich die Waage. Aus den Fenstern und Türen kommen die Gedanken wie holographische Bilder. Von allen Seiten fühle ich diese Bilder wie Schatten, die auf mich mit Äxten und Messer und anderen Mordinstrumenten einschlagen, die zwar meinen Körper nicht verletzen, aber wie Hagelkörner auf meine Emotion einschlagen. Meine Stimmung will absinken. Ich stemme mich dagegen. Ich muss positiv bleiben, damit ich nicht in den Strudel der Dunkelheit gerate.

Das war schon in meiner Jugend so, aber nachts war es die ertragreichste Gegend, denn es gab keine Schlösser an den Türen, die hatten fast überall schon Leute ausgebaut und verkauft. Es gibt hier zwar keine Reichtümer, aber Nahrung konnte man gut finden.

Ich habe gelernt, dass es Wesen von anderen Sternensystemen gibt, die die Kontrolle über die Invasion haben. Sie können mit einem Gedanken töten und sie sind das Rückgrat der Machthaber, sie stützen die dunklen Emotionen mit ihrer Geistesmacht. Seltsamerweise baut mich das wieder auf. Es ist ja keiner da, der mich verletzen könnte. Bis jetzt bin ich gut durchgekommen. Ich muss mich unauffällig bewegen. Ich darf mich auf keinen verbalen oder körperlichen Kampf einlassen. Das ist nicht einfach, da weder Aggressionen noch sanfte und gut gemeinte Worte eine Wirkung erzielen. Die Menschen werden von den Anbietern und anderen Reden der OF so zugeschüttet, dass sie nichts und niemandem mehr trauen. Langsam komme ich in weniger arme Straßen.

Mein Blick fällt auf ein entferntes Gebäude, das hell erleuchtet ist. Ein seltenes Schauspiel. Ich erkenne das Haus als eine Haltestelle, mehr ein Bahnhof für die Metro. Große Bildschirme an den Mauern zeigen Werbung und ich sehe eine Person vom Oberen Führungsministerium, die spricht. Die Worte hallen durch den Bahnhof mit fast hypnotischer Wirkung. Natürlich spricht sie wieder darüber, dass sie die Guten sind und die Bösen auf der anderen Halbkugel des Planeten zu finden sind. Er lächelt und sagt, dass das OF immer nur das Beste für die Menschen will. Die großen Bildschirme verbreiten viel Licht. Ich gehe langsam näher heran, so als wollte ich im Bahnhof einen Zug bekommen. Es sind viele Menschen hier. Nun bin ich nahe am Gebäude und trete ein. Noch zwanzig Meter bis zum Bahnsteig. Ein Zug hält gerade an der Bahnsteigkante. Aber nur bei den Türen geht der Bahnsteig bis an den Zug. Zwischen den Türen ist der Bahnsteig etwa drei Meter vom Zug entfernt und knapp einen Meter tief. Es gibt kein Geländer dort wo der Bahnsteig bis an den Zug reicht. Ich beobachte die Menschen, die in den Zug wollen. Ich weiß, dass es bei den Fabriken einen Schichtwechsel gibt, denn die Menschen drängen in den Zug. Sie schieben und drängeln völlig rücksichtslos in den Zug. Wer zu seinem Arbeitsplatz zu spät kommt, wird unwürdig bestraft.

Wer vom Bahnsteig in die Gruben fällt ist so gut wie verloren. Manch einer wird noch gehalten bevor er fällt, aber ist erst jemand im Graben, kümmert sich niemand mehr um ihn. Da unten sind Hochspannungsanlagen, die die Metro antreiben. Bei der geringsten Berührung verdampft die Person. Niemand hilft, weil der Stromschlag dann nach oben kommen könnte.

Ich schaue mir das Schauspiel an. Die Zugtüren schließen und die Menge weicht zurück. Im Graben steht eine junge Frau und starrt voller Angst nach oben. Sie ist vor Angst gelähmt. Noch lebt sie. Aber nur solange wie sie steht und sich nicht rührt. Fällt sie irgendwann vor Müdigkeit, ist es vorbei mit ihr.

Ich denke, vielleicht ist sie eine Mutter, nein, kommt sofort ein weiterer Gedanke, bei der Bevölkerung gibt es keine Kinder, die gibt es nur in unserer Bewegung. Die Neugeborenen werden der Mutter direkt bei der Geburt abgenommen. Man sagt den Menschen nicht einmal, dass sie ein Kind bekommen haben. Die Menschen wissen nicht, warum sie dick werden und dann wieder dünn sind. Ihnen wird sogar vorgeworfen, dass sie dick werden, aber ihnen wird natürlich großmütig geholfen. Den Menschen wird schon als Kind beigebracht, dass die neuen Menschen vom Oberen Führungsministerium kommen. Der Staat ist sozusagen der

Menschenproduzent. Die Kinder werden nach der Geburt willkürlich an fremde Menschen abgeben, ab drei Jahren kommen sie in eine staatliche Einrichtung. Die Frau, die das Kind gebärt bekommt kein Kind, aber vielleicht hat diese junge Frau ein Kind vom Staat bekommen?

Überall hängen Figuren vom ‚Gehängten Mann' Er ist der Stellvertreter Gottes, wurde uns beigebracht. Die Menschen beten ihn an und hoffen auf Hilfe.

Unser Meister hat uns gelehrt, dass der Stellvertreter Gottes niemals gehängt wurde. Das wurde in späteren Zeiten einfach erfunden. Auf diese Weise beten die Menschen das Leiden und die Brutalität an und schneiden sich so unmittelbar von der Liebe Gottes ab. Uns wurde gesagt, dass jeder erst den Stellvertreter Gottes in seinem eigenen Geist vom Galgen befreien muss, ihm die Hände, die heilenden Hände entfesseln und salben muss und ihn dann neben Gott auf den Thron setzen sollte. Erst so wird die Gnade und Liebe Gottes erreicht.

Natürlich wurde er auch nicht in den Slums geboren, wie die Geschichte erzählt. Er war ein Königskind, als es früher noch Könige gab. Man kann es sogar, wenn man will, noch in den Dokumenten nachlesen. Aber Armut und Leiden muss verherrlicht werden, damit die

Bevölkerung weiter an das Leiden glaubt, und keiner will die alten Märchen geändert haben.

Ich gehe weiter, ich habe einen Auftrag zu erfüllen. Ich kann mich nicht wirklich um die Frau im Graben kümmern. Aber ich sehe ein langes Brett an einer Baustelle. Ich nehme es und lege es diagonal über zwei Kanten, also über eine Ecke des Bahnsteigs. Nun muss sie sich selber helfen.

Ich muss in der Zeit, die ich habe, meine Aufgabe auf dem Jahrmarkt erfüllen.

Der Bahnhof ist von mir durchquert worden. Ich sehe viele Lichter und höre ein Gewirr von Musik, die auf fast schmerzhafte Weise auf meine Ohren trifft. Hier dürfen sich die Menschen amüsieren. Wenn man das, was sie dort tun können, so nennen kann.

Mich interessiert nur das neue Millionenspiel. Auch hier muss ich darauf achten, wohin ich trete. Aber wo viele Menschen sind, gibt es keine Fußangeln oder Fallen. Ich drängele mich durch die Massen, immer da wo richtig viele Leute auf einem Haufen sind, ist es relativ ungefährlich und suche das Fahrgeschäft, so kann man es wohl nennen. Auch hier muss ich auf meine Intuition hören. Es gibt viele Taschendiebe, von irgendetwas muss man ja leben. Zwar werden die Diebe schwer bestraft, wenn man sie fängt, aber mir tun diese Menschen leid. Meine telepathische Begabung wird mich vor diesen Leuten schützen. Wie gesagt, ich bemerke sofort, wenn jemand an mich denkt.

Die OF vergibt nur schlechtbezahlte Hilfsarbeiten. Die gut verdienenden Positionen werden an Leute aus den eigenen Reihen vergeben, was natürlich schärfstens dementiert wird. Es gibt auch Leute aus dem Volk, die es zu etwas bringen, sie müssen aber hoch intelligent sein und sich wirklich hochkämpfen wollen. Sie haben sich aber dem System anzuschließen, sonst werden sie diskreditiert und landen wieder in der Gosse.

Von weitem höre ich schon das großspurige Geschrei eines Ansagers. Um mich herum ist es laut und bunt. Von überall dudelt mir Musik entgegen. Mir wird alles Mögliche angeboten. Das interessiert mich nicht, ich will zu der neuen Attraktion. Ich gehe weiter durch einen der Wege mit Buden am Rand, die damit werben, völlig kalorienfreie Naschwerke zu verkaufen.

„Sie können so viel davon essen wie sie wollen! Es macht nicht dick. Es ist wunderbar lecker und macht glücklich."

Ja klar, die Menschen dürfen nicht dick werden, dann können sie nicht mehr so gut arbeiten. Aber ob das alles so gesund ist. Aber das macht nichts, denn, wenn sie krank werden, müssen sie ja Heilmittel kaufen.

Ich gehe weiter, die Händler sind nicht erfreut. Das stört mich nicht, sie haben mich schon vergessen und ihre Gedanken auf andere Personen gelenkt. Endlich erreiche ich das neue Unterhaltungsspiel. Es ist ein riesiger Eingang mit einer riesigen bunten Leuchtschrift. Scheinwerfer beleuchten die Szenerie. Soweit ich sehen kann, führt das eigentliche Spiel um den ganzen Markt herum, hell beleuchtet durch Spots. Es sind zwei sehr starke elektrisch geladene Stahlseile in einem Abstand von ca. vier Metern übereinander, an denen so eine Art von offenen Gondeln hängen. Die Seile brummen. Ich kann die elektrische Ladung telepathisch fühlen. Das Spiel, so wie ich es jetzt durch den Markschreier verstehe, ist ganz simpel. Man setzt sich in die vordere untere Gondel und bekommt fünfzig Meter Vorsprung. Nach den fünfzig Metern wird man verfolgt. Wenn der untere zuerst im Ziel ankommt, gewinnt er oder sie eine Million. Das hört sich erst einmal ziemlich simpel an. Ich verfolge das Geschehen. Soweit der Schreier erzählt, haben schon viele gewonnen. Naja, ich werde das weiter analysieren. Aha, nun kommt er mit den weiteren Regeln. Der Verfolger kann den Kandidaten töten, wenn er ihn erreicht. Der Kandidat hat keine Waffe. Aber der Verfolger darf ihn nur dann töten, wenn er oder sie ihn wirklich einholt und auf gleicher Höhe ist. Man will also dem Kandidaten Druck machen, damit er wirklich flüchtet, bzw. richtig schnell fährt. Man will ja dem Publikum etwas bieten. Also, das untere Seil mit der Gondel ist für den Kandidaten, das obere für den oder die Verfolger/in. Das Seil für den Kandidaten endet in dem Zielhaus. Das Seil für den Verfolger führt über das Zielhaus weg.

Der Verfolger gehört zum Millionenspiel. Also was im Zielhaus passiert weiß niemand, denn es ist ohne Fenster. Ein Kandidat steigt gerade in die untere Gondel. Mal sehen was das wird.

Die hintere Wand des Zielhauses klappt herunter und nun ist die Gondel mit dem Kandidaten zu sehen, denn er wird zur Startposition gelenkt. Er winkt ganz frohgemut den gaffenden Leuten zu. Der Starter steht bereit und fragt noch einmal beide Kandidaten ob sie bereit sind. Beide nicken und der Startschuss ertönt. Der Kandidat zieht an seinem Beschleunigungshebel und setzt sich in Bewegung. Nach fünfzig Metern folgt die Gondel des Verfolgers. Der Verfolger beschleunigt aber gleich sehr stark. Sofort wird der Kandidat auch schneller. Die Geschwindigkeit nimmt weiter zu. Es gibt fünf Runden. Die Geschwindigkeit ist nun extrem hoch und man kann die Angst im Gesicht des Kandidaten sehen, da sich der

Verfolger, trotz der hohen Geschwindigkeit, immer noch weiter langsam nähert.

Ich fühle mich in den Kandidaten hinein und bemerke, dass man dem Kandidaten nicht gesagt hat, dass das Gefährt keine Bremse hat. Was passiert am Ende der Raserei, frage ich mich. Beide biegen in die fünfte und letzte Runde ein. Das Zielhaus ist geschlossen. Ich sehe was passieren wird. Der Flüchtende wird nicht bremsen können und mit voller Geschwindigkeit in das Zielhaus rasen. Er wird sich zu Tode fahren. Das ist dem Kandidaten inzwischen wohl auch klargeworden, denn man sieht seine aufgerissenen Augen. Das Gefährt schießt in das Zielhaus. Die Rückwand bleibt geschlossen. Nach einer Weile kommt der Kandidat strahlend lächelnd aus dem an das Zielhaus angebauten Häuschen, indem die Kandidaten sich melden können. Er schwenkt einen Scheck und der Marktschreier verkündet, dass der Gewinner nun an einem geheimen Ort das Geschehen verlässt um nicht von eventuellen Räubern überfallen werden zu können, denn man hätte ja eine gewisse Verantwortung für den Kandidaten.

Ich sehe mir den Kandidaten noch einmal ganz genau an und fühle zu ihm hin, bevor er geht. Er lacht und winkt. Ich kann nichts mehr von ihm erfühlen. Nun ist mir klar, was los ist. Er ist ein Hologramm, das dafür sorgt, dass die Masse

Mensch abgelenkt ist und die Leiche aus dem Zielhaus abtransportiert werden kann.

Wahrscheinlich wird sie zu Nahrung für die Massen verarbeitet, da das Gras immer weniger wächst und nur noch wenig Rinder ernährt. Natürlich wächst auch das Korn immer schlechter.

Der Marktschreier verkündet nun, dass in einer halben Stunde die Sondervorstellung für zwei Millionen stattfindet. Ich habe beschlossen noch so lange zu bleiben, da die Vorführung, denn anders kann man das nicht nennen, nicht lange dauert.

Ich gehe weiter in den Markt hinein an eine Getränkebude. Gegen ein sehr hohes Bestechungsgeld bekomme ich eine Flasche Wasser unter der Theke zugesteckt. Alles andere kann man nicht trinken. Irgendein mildes Sucht- oder Schadmittel ist in jedem Getränk. Nur diese Flaschen mit Wasser sind sauber. Ich halte mich an der Flasche Wasser, die in einer Tüte steckt, fest und warte in Ruhe die Zeit ab. Kurz bevor es losgehen soll, bin ich wieder vor Ort.

Es sind nun sehr viel mehr Menschen da. Das macht mich neugierig. Da muss wahrscheinlich doch was Besonderes passieren. Der Lärm um mich herum ist ermüdend. Die Menschen drängeln sich an mir vorbei. Aber, nun geht es los. Vom Zielhaus werden die Seitenwände heruntergeklappt.

Vor mir steht ein ganz schlauer Mann mit dem Rücken zu mir, der ganz genau wissen will, wie man da gewinnen kann und großspurig tönt, dass das alles ganz leicht ist. Jetzt ist er dabei einem Passanten genau zu erklären wie man es machen muss. Ich nehme an, der Mann wird für sein großspuriges Auftreten bezahlt.

Nun werden die Zuschauer abkassiert. Es wird ein undurchsichtiger Zaun um die Zuschauer herumgezogen. Nur wer bezahlt hat, darf bei dieser Vorstellung zuschauen. Genau wie alle anderen, bezahle auch ich für die Sensationsgier.

Alles passiert wie beim letzten Mal. Sie rasen über die Stahlseile. Die letzte Runde beginnt und dem flüchtenden Kandidaten steht die Angst ins Gesicht geschrieben. Er kann nicht bremsen und knallt in das Zielhaus und wird im wahrsten Sinne des Wortes zerfetzt. Das Publikum stöhnt erregt auf, die Schaulust hat sie im Griff. Sie schreien und stöhnen, der Gruselschauer hat sie gepackt, aber es ist für sie ein wohliges Gänsehautfühlen. Ich wende mich ab.

Mit einem Male habe ich das Gefühl, jetzt sofort gehen zu müssen. Auch mein Verstand sagt mir, dass ich genug gesehen habe und deshalb verlasse ich den Marktplatz. Ich komme wieder durch den Bahnhof. Die Frau im Graben ist nicht mehr zu sehen. Das Brett liegt noch da. Ich frage mich ob sie tot ist, aber dass sie sich retten konnte, kann ich mir vorstellen. Es ist wichtig, gerade jetzt meine Emotionen hochhalte. Es gelingt mir, indem ich daran denke, dass die Frau es geschafft hat, oder nun in einer besseren Welt ist. Ich komme wieder durch das Armenviertel. Es ist nun sehr viel später und der Hass, hervorgerufen durch Neid, der auf mich einprasselt, ist nicht mehr so stark. In der nächsten Straße sehe ich einen elektronischen Hund auf mich zu laufen, das ist nicht gestattet und ich bin alarmiert. Sofort gebe ich über mein Gehirnimplantat das Startzeichen und ich werde unmittelbar danach weggebeamt.

Ich habe meinen Bericht verfasst und abgegeben. Die Sekretärin, der ich meinen Bogen Papier gebe, teilt mir mit, dass mich meine Vorgesetzten in eine große Aula bestellt haben. Sofort setze ich mich in Marsch und erreiche schnell die Halle. Alle Menschen, die ich kenne und die in der Widerstandsbewegung sind, sind hier versammelt. Ich kann mich nicht erinnern, dass schon einmal alle Mitarbeiter zusammengekommen sind. Normalerweise ist das nicht gestattet, da niemals alle zusammenkommen sollen, denn so wäre die ganze Bewegung verloren, wenn man uns aufspüren sollte.

Unser Meister tritt auf die Bühne, es wird still im Saal. Er setzt sich auf einen breiten Sessel, der alleine auf der Bühne steht, aufrecht hin und beginnt die Menschen hier im Saal, der Reihe nach anzuschauen.

Die Liebe, die von ihm ausstrahlt ist wie Watte zu fühlen. Jeder, der angeschaut wird fühlt die Liebe, die von ihm ausgeht. Aber auch so erfüllt seine Liebe den ganzen Raum. Als er jeden einzelnen angeschaut hat, nickt er ganz leicht und scheint zufrieden.

Alle warten darauf, dass er spricht, Es ist selten, dass er einen Vortrag hält. Nun beginnt er zu reden: „Meine lieben Schwestern und Brüder. Ich bringe euch heute zwei Nachrichten. Es werden meine letzten Nachrichten für euch hier sein und ihr werdet gleich verstehen warum das so ist.

Last mich zuerst sagen, dass ich alle von euch liebe und tief in mein Herz eingeschlossen habe. Ihr wisst, dass die Liebe eines Meisters zu seinen Schülern, die festeste Liebesbindung ist und über mehrere Inkanationen geht. Auch danach wird sie für immer bestehen. Jeder ist, wie er ist, phantastisch und tadellos. Ihr habt in diesem Leben alles richtiggemacht."

Nach einer kleinen Pause spricht er weiter: „Aber wir waren zu wenig. Nun, der Körper des Planeten ist zu sehr verletzt worden durch die Invasoren, die mit dem Planeten Raubbau betrieben haben. Die Menschen wurden durch die Invasoren aufeinandergehetzt und haben sich zu Hass führen lassen und sich ständig gegenseitig bekämpft und Kriege geführt. Der Körper des Planeten wurde zu sehr beschädigt und verletzt, sodass die Liebe des Geistes nicht mehr ausreicht um den Körper zusammenzuhalten. Wir stehen unmittelbar davor, dass unser geliebter Planet Dédscherdomro uns Menschen nicht mehr tragen kann, sein Bewusstsein wurde vom Unlicht eingekerkert und ohne die Hilfe der gesamten Planetenbevölkerung ist ein Freikommen nicht möglich."

Wieder eine kleine Pause: „Das ist der letzte Liebesakt den uns Dédscherdomro als mütterlicher Planet noch für uns tun kann. Die Fruchtbarkeit auf dem Planeten wäre soweit abgesunken, dass ein Überleben der Menschen und Tiere nicht mehr gegeben wäre. So gibt uns der Planet frei um uns eine neue Möglichkeit durch eine weitere Inkarnation zu geben. Das Bewusstsein ist bei den Massen ebenfalls zu weit abgesunken und wir, als Widerstandsgruppe alleine, können, trotz der Liebe die wir alle für

138

unseren Planeten und unsere Mitmenschen empfinden, das Bewusstsein der Welt nicht mehr ausreichend stützen. Wir haben gelernt, dass wir schon öfter geboren wurden und unsere Seelen unsterblich sind. Auch das wurde von den Machthabern natürlich unterbunden, dieses Wissen an die Bevölkerung weiterzugeben.

Was ich euch nun sagen will ist, dass ihr euch in den nächsten Minuten darauf einrichten sollt, dass der Planet zerbricht, denn der Geist von Dédscherdomro will frei sein und befreit sich auf diese Weise. Freiheit ist das Recht eines jeden Lebewesens, auch wenn es ein Planet ist. Wir wissen, dass in diesem Universum alles belebt ist, auch die Planeten und die Sterne. Ich werde jeden von euch soweit schützen, dass ihr keinen Schock bekommt und nichts vom Übergang spüren werdet und ich verspreche euch, dass jeder von euch, ich betone, jeder von euch, auf einem anderen Planeten eine neue Heimat in einer Reinkarnation finden wird.

Dort werdet ihr erfolgreich sein. Prägt euch eines ein. Auf dem nächsten Planeten braucht ihr nur noch mit Liebe agieren. Von euch wird nicht mehr verlangt euch mit Gewalt zu wehren, das werden andere für euch tun. Es wird aus der ganzen Galaxis Unterstützung zu euch kommen. Ihr werdet einen Schritt weiter ins Licht gehen und die Liebe in eurem Herzen so anheben, dass das Bewusstsein auf dem nächsten Planeten so steigen wird, dass das Unlicht keine Möglichkeit mehr bekommt einen Planeten zu übernehmen. Geht nur mit dem einen Gedanken in den Übergang: KEINE GEWALT! Wir werden uns wiedersehen im nächsten Leben. Ich liebe euch alle und die Liebe von einem Meister zu seinen Schülern ist unvergänglich über Inkarnationen hinaus, wie ich bereits öfter gesagt habe."

Es war gut, dass wir vorgewarnt waren, denn wir wurden so schnell aus unseren Körpern gerissen, dass wir nicht gewusst hätten was mit uns passiert. Wir schwebten alle im Weltraum und sahen, wie unser aller geliebter Planet Dédscherdomro auseinanderbrach. Die Feuerkugel aus dem Inneren brach hervor und zerriss den Körper des Planeten. Die großen Stücke zerfielen in immer kleinere Teilchen und der Planet wurde zu einer Staubwolke und danach verschwand auch die Wolke einfach, denn alle Ionen kehrten in die Zentralsonne der Galaxis zurück und wurden für eine neue Aufgabe programmiert.

Irgendetwas ist sehr schlimm gewesen, aber jetzt fühle ich mich warm und geborgen. Ich weiß nicht wo ich bin und wer ich bin. Ich kann nur fühlen und meine Gefühle sagen mir im Moment, dass alles gut ist. Ich langweile mich ein wenig, mein Geist geht aus dem was mich festhält und bewegt sich durch meine Umgebung. Etwas beugt sich über mich, mein Geist kommt zurück und ich sehe etwas was mich erfreut. Ich kann es nicht benennen, aber ich liebe es. Es ist wunderbar, auch es liebt mich. Ich kann es ganz genau fühlen.

Ich höre etwas, aber ich kann es nicht verstehen.

„Willkommen kleiner neuer Erdenbürger!"

„Wisst ihr denn schon wie ihr ihn nennen wollt?"

„Ja, er wird Peter heißen!"

Liebevoll und mit einem kleinen Unterton von Lächeln: „Warum hast du ihm denn nun diesen Traum geschickt. Wir hatten ihn gerade aufgeweicht und nun schlägst du ihm diesen Traum um die Ohren. Seine Stimmung wird wieder fallen. Was hast du dir dabei gedacht?"

„Na, das gleiche wie du!"

„Erkläre es mir trotzdem!"

„Nun, du weißt, dass er in den vielen Leben einige Traumata aufgelesen hat. Die muss er in diesem Leben erlösen. Das kann er aber nur, wenn er sich daran erinnert und sie liebevoll entlässt. Das Trauma zum Beispiel, nicht reich sein zu wollen, hat er schon erlöst, wie du weißt. Aber durch die vielen Kriege, die die Männer in ihren diversen Leben durchmachen mussten und sehr oft getötet wurden, erzeugte eine tiefsitzende Existenzangst!"

„Du hast mal wieder völlig Recht! Gut gemacht!"

„Na, dann sind wir uns beide Medusen ja wieder einig!" Die Hände klatschen zusammen.

Gaya

Ich bin stolz auf mein Auto, es ist zwar alt, aber für mich ist es ein Kultauto, dass nicht mehr gebaut wird. Manche mögen mich vielleicht ein bisschen altmodisch finden, aber ich bin mit meinem Cabriolet sehr zufrieden. Es hat richtige Armaturen und eine analoge Uhr in der Mitte des Armaturenbrettes, nicht so ein nichtssagendes Tablet auf dem man dauernd rumtippen muss. Bei meinem Auto ist es so, dass ich bestimme was das Auto zu tun hat und nicht mir das Auto sagt, was ich tun soll. Ich mag die neuen Autos deshalb nicht, denn sie entmachten mich und auch wenn sie schneller sind als meines und sie x-mal besser spurten können. Ich komme mit meinem liebenswerten, charaktervollen Auto auch überall dahin, wo ich hin muss oder will. Das Wetter ist schön und das Autodach ist in den Kofferraum eingeklappt und ich genieße die Fahrt.

Der Fahrtwind streichelt mich. Ich liebe das und habe natürlich immer alle Fenster heruntergedreht. Die Sonne scheint mir auf die Arme und ich werde wahrscheinlich wieder einen Sonnenbrand auf den inneren Unterarmen haben, da die Sonne von oben in den Wagen scheint. Aber das war nie wirklich schlimm. Immer nur ein bisschen gerötet. Ich habe noch nie meine Unterarme eingecremt. Soweit kommt's noch.

Ich fahre Landstraßen und erfreue mich am Wetter, an der wundervollen Landschaft. Leichte Hügel, viel Wald, zwar schmale Straßen, aber ich muss ja nicht schnell fahren. Ich nehme mir immer Zeit beim Autofahren, denn ich liebe es Auto zu fahren, zu cruisen. Ich ziehe das Fahrzeug in die engen Kurven und gebe Gas, wenn ich wieder aus der Kurve herausfahre. Das kann ich nur machen, wenn ich alleine fahre, meine Frau mag es nicht, ihr wird dann etwas schlecht in den Kurven, aber sie mag die Nackenheizung in meinem Wagen. Normalerweise fährt sie mit einem Schal um den Hals, aber in meinem Wagen braucht sie den nicht. Mein Wagen ist also ein wirklicher

Oldtimer, er hat noch kein ABS und beim Bremsen muss man schon richtig auf das Bremspedal steigen. Aber wie gesagt, ich liebe mein Auto und es liebt mich, denn es hat mich noch nie im Stich gelassen, trotz seiner zweihundervierzigtausend Kilometer auf dem Tacho.

Ich habe einen Freund in Luxemburg besucht, das sind ungefähr vierhundertfünfzig Kilometer. Natürlich bin ich auch Autobahn gefahren, aber die letzten fünfzig Kilometer fahre ich immer über Landstraßen, die Landschaft ist einfach berauschend schön und wenn ich einen schlechten Tag habe, fahre ich diese Strecke auch, denn der Landschaftsdeva, der die Landschaft bewacht, hat gute Arbeit geleistet und jedes Mal wenn ich durch diese Landschaft fahre, fällt aller Ärger oder Stress oder Schlechte Stimmung durch die phantastische Schönheit von mir ab. Ich lebe wieder auf und meine Stimmung hebt sich, sodass ich, wenn ich zu Hause eintreffe, alles Unschöne vergessen habe und bestens gelaunt zu meiner Frau komme.

Auch jetzt freue ich mich auf zu Hause. Die letzten fünfzig Kilometer sind keine Anstrengung mehr, sondern reine Erholung.

Meine Haare flattern im Wind, ich habe ausnahmsweise meine Sonnenbrille auf und eine Zigarre angesteckt. Es macht Spaß zu sehen wie die Zigarre im Fahrtwind glüht. Meine Frau toleriert meine kleinen Macken und belächelt sie. Der Motor schnurrt und ich fahre durch die kleinen Dörfer, die mir alle bekannt sind. Es wird nicht mehr lange dauern bis ich auf den Zubringer zur Stadtautobahn komme. Nun verlasse ich die bewaldete Straße, die Bäume treten zurück und überlassen das Feld den Bauern mit ihren angebauten Maisflächen. Gleich kommen noch ein paar Häuser und dann biege ich ab, auf den Zubringer zur Stadtautobahn. Ich fahre weiter, wie vorgeschrieben achtzig. Gleich kommt eine Ampel, aber sie zeigt grün und ich fahre weiter, vor mir fährt ein anderes Auto mit der gleichen Geschwindigkeit. Der vor mir gibt noch einmal Gas, denn er will über die grüne Ampel, ich ihm nach. Auf einmal springt die Ampel um und mein Vordermann macht eine Vollbremsung. Ich steige auch aufs Pedal, mein Auto rutscht nach vorne, ich lenke hektisch nach rechts um am Vordermann vorbeizukommen, aber meine Räder blockieren. Ich starre nur auf das Auto vor mir.

Eine Stimme in meinem Kopf sagt: „Nimm den Fuß von der Bremse!" Genau das tue ich, mein Wagen macht einen Satz nach rechts, da die Lenkung wieder greift und ich rausche an dem vorderen Wagen rechts vorbei und komme mitten auf der Kreuzung zum Stehen. Mein Herz klopft, ich schaue nach links und rechts. Kein Auto zu sehen und ich verlasse die Kreuzung mit meinem Wagen. Was war das? Mein Schutzengel hatte sich eingeschaltet und mich gerettet. Nicht nur mich und meinen Wagen, wahrscheinlich auch die Personen in dem Auto vor mir. Ich danke meinem Schutzengel dafür, dass er wirklich auf mich aufgepasst hat.

Ich werde nun in die Werkstatt fahren und die Reifen prüfen lassen, um feststellen zu lassen ob ich Bremsplatten an den Reifen habe. Heil und gesund komme ich zu Hause an, nachdem ich den Wagen in die Werkstatt gebracht habe.

Nach dem Frühstück stehe ich schnell auf: „Ich muss los. Ich will noch zum Bankautomaten. Was heißt ich will, ich muss noch zum Geldautomaten. Ferdischatz, brauchst du dein Auto, jetzt?"

„Ja, ich will noch gleich zum Sport ins GYM. Warum?"

„Mein Auto ist in der Werkstatt. Inspektion der Reifen, ich habe es dir gestern erzählt und sie hatten keinen Leihwagen frei. Ich bin mit der Straßenbahn nach Hause gekommen. Na, macht nichts. Ich gehe dann eben zum Supermarkt, dort ist auch ein Geldautomat. Ich habe kein Bargeld mehr im Portemonnaie."

„Bring doch noch ein paar Tomaten mit, wir haben keine mehr!"

„Ja, ist gut, Ferdi. Bis gleich."

Ich laufe zwar gerne, aber nicht zu Fuß zum Supermarkt, aber es ist ja nicht weit. Also los, Schuhe an, Jacke an und Hut auf. Die Straße ist nicht lang. Bis ans Ende sind es ungefähr fünfhundert Meter, schätzt ich mal. Naja. Laufen soll ja gesund sein!

Interessant was hier alles für Autos stehen. Autos, die ich vorher noch nie gesehen habe und Autos von einer Größe, von der ich nicht gedacht habe, sie hier in der Straße vorzufinden. Also kann ich wieder ein Vorurteil begraben. So ein Fußmarsch ist doch so nebenbei ganz lehrreich und informativ.

Es fängt leicht zu regnen an und ich gehe unter den Vorbauten des ersten Stockes eines Wohnblockes lang. Es ist nur ein Schauer, gleich wird wieder die Sonne scheinen. Hier, unter dem Überbau, werde ich nicht nass.

Da hat wohl der Architekt zu viele Pagoden gesehen. Wie auch immer, für mich, jetzt gerade, sehr praktisch. Okay, da vorne ist der Geldautomat. Kein Mensch da, also EC Karte reinstecken und die PIN eingeben. Was steht da? Moment. Die Karte ist gesperrt, ich soll meine Bank kontaktieren. Was soll das denn? Also muss ich jetzt doch zur Bank um Geld zu holen.

Moment, wieviel Geld habe ich noch in der Tasche. Naja, für den Bus wird es noch reichen. Also los. Moment, wie spät ist es. Ja, das wird noch gehen. Also, ab zur Bushaltestelle. Jetzt muss ich doch einen Schritt schneller gehen.

Da vorne ist der Bus, jetzt laufen, den will ich noch bekommen. Ich renne. Der Bus fährt an. Ich winke wie verrückt. Oh, das hätte ich jetzt nicht gedacht, der hält wirklich noch für mich an. Toll, ich bin im Bus. Ich bedanke mich und bezahle.

Ich setze mich und frage mich, warum denn wohl meine Karte gesperrt ist. Unglaublich. So ganz ohne vorher informiert zu werden. Wenn ich jetzt im Ausland wäre, nicht auszudenken. Na, da bin ich ja mal gespannt auf den Grund, der mir erzählt werden wird. Es ist Gottseidank nicht weit und ich muss schon die nächste Haltestelle aussteigen. Hier ist es, ich verlasse den Bus und stehe vor, ja vor was. Von der Bank ist nichts mehr zu sehen. Aber hier, in diesem Gebäude war die Bank. Wo ist die denn geblieben? Irgendwie finde ich die letzte Stunde, gelinde gesagt, extrem komisch. Es steht auch nichts an den Fenstern, wo denn nun die Bank geblieben ist.

„Entschuldigung, aber sie sehen etwas ratlos aus. Kann ich vielleicht helfen?" Der Mann lächelt mich an. „Wissen Sie wo die Bank geblieben ist, hier steht nichts dran wo sie vielleicht hingezogen ist. Das finde ich schon seltsam."

„Die Bank ist jetzt in der Hafenstraße. Aber es stand den ganzen letzten Monat an den Wänden, dass die Bank umzieht."

„Ich mache immer Onlinebanking und bin schon längere Zeit nicht hier gewesen. Wissen Sie denn, wo genau sie ist in der Hafenstraße?"

„Ja, neben der alten Post. Sie finden es bestimmt!"

„Danke, ich hoffe, ich schaffe es noch vor der Mittagspause. Aber bis jetzt hatte ich ja Glück mit dem Bus. Hoffentlich kommt gleich einer, der zur Hafenstraße fährt."

„Da kommt der Bus, den Sie nehmen müssen, viel Glück!"

Ich gehe die paar Schritte rüber zur Bushaltestelle. Der Bus hält gerade an. Mein letztes Kleingeld. Wenn die Bank zu hat, dann stehe ich auf der Straße, denn Ferdi ist wahrscheinlich schon beim Gerätesport. Jetzt brauche ich ein wenig Gottvertrauen.

Wieder sitze ich im Bus und fahre zur Bank. Fast ein Déjà-vu-gefühl. Das dauert und dauert. Peter bleib ruhig, sage ich mir, wenn du nervös bist, geht es auch nicht schneller. Also schaue ich ein wenig aus dem Fenster. Da ist das GYM-in das immer Ferdi geht. Das ist doch mal interessant. Die nächste Station Aussteigen. Okay. Ich stehe schon an der Tür und werde sofort aus dem Bus steigen. Es sind zwar noch sieben Minuten, aber manchmal haben auch die Banker es eilig um zum Essen zu kommen. Ich laufe die paar Schritte zur Bank. Es ist die Hauptfiliale. Gottseidank, die Tür ist noch offen und ich gehe an den Schalter. Die Frau kenne ich, die war sonst immer in der anderen, jetzt geschlossenen Filiale und ist sehr zuverlässig und hilfsbereit.

„Guten Tag, Frau Schützer. Ich habe ein Problem mit meine EC-Karte. Sie ist wohl gesperrt. Jedenfalls heißt es: Bitte kontaktieren Sie ihre Bank. Können Sie mir sagen was los ist?"

„Einen Moment. Geben Sie mir doch bitte ihre Kontonummer."

Ich schiebe der Dame meine EC-Karte über den Tresen und sie schaut nur darauf und geht an den Computer. Nun bin ich aber gespannt. Nach einem Moment kommt sie wieder zu mir und erklärt: „Ich habe mir gerade Ihr Konto angeschaut, soweit ist da alles okay. Ich muss aber noch an einen anderen Terminal, der für die Automaten zuständig ist. Gut, dass Sie zu uns in die Hauptfiliale gekommen sind. Hier bin ich in der Lage das nachzuprüfen. Einen Moment noch."

Damit ist sie auch schon wieder verschwunden. Jetzt fällt es mir ein, heute ist ja Donnerstag, heute hat die Bank über Mittag auf, anders als an den anderen Tagen. Die ganzen Sorgen, die ich mir gemacht habe, waren umsonst. Langsam werde ich ruhiger. Also haben wir Zeit um alles zu regeln. Niemand, der vielleicht schon weg ist. Also alles ist gut. Puh!

Nach einer gefühlten halben Stunde, aber es waren bestimmt nicht mehr als zehn, fünfzehn Minuten, kommt Frau Schützer wieder zu mir an den Tresen.

„Also, ich kann mich nur entschuldigen. Wir haben ein Problem mit einem anderen Kunden. Dieser Kunde hat fast die gleiche Kontonummer wie Sie, nur die beiden letzten Ziffern sind getauscht. Nun hat ein neuer Mitarbeiter Ihre Kontonummer eingegeben, mit dem Namen des richtigen Kunden, aber dadurch ist ihr Konto gesperrt worden."

„Aber nun ist das Konto wieder offen? Oder?"

„Ja, Ihr Konto steht Ihnen selbstverständlich wieder zur Verfügung."

„Gut, das ist doch schon mal eine gute Nachricht. Wie steht es mit der Schufa, haben Sie es der Schufa schon gemeldet?"

„Ja, leider ist das auch schon geschehen, da der Computer ja nur Ihre Kontonummer bekommen hat und nicht den Namen des anderen Kunden. Das geht automatisch."

„Sie wissen, was Sie, ich meine die Bank, mir damit antut. Ich bin selbstständiger Kaufmann und wenn die Schufa mein Konto als gesperrt meldet, bin ich geliefert. Wie lange dauert es bis das die Schufa wieder aufhebt?"

„Ich habe es schon direkt an die Schufa gemeldet, aber wie lange sie braucht um den Eintrag wieder heraus zu nehmen, kann ich Ihnen natürlich nicht sagen, wie Sie verstehen werden."

„Frau Schützer, ich danke Ihnen persönlich, dafür, dass Sie alles so schnell wieder returniert haben, aber auf die Bank bin ich nicht so gut zu sprechen. Ich hoffe, dass es keine Konsequenzen für mich haben wird. Schönen Tag noch. Auf Wiedersehen Frau Schützer."

„Auf Wiedersehen, wie gesagt ich kann mich nur entschuldigen."

Ich brauche jetzt ein wenig Luft um mich zu beruhigen. Ein Stück zu laufen soll ja gesund sein. War ich heute nicht schon mal bei diesem geflügelten Wort?

Wie auch immer. Ich schaue auf die Uhr und es ist noch viel Zeit um Ferdi abzuholen, also laufe ich jetzt in Richtung GYM in dem meine Frau trainiert, vielleicht ist sie ja schon fertig und wir können zusammen nach Hause fahren oder vielleicht noch irgendwo einen Kaffee trinken. Nein! Wieder zurück, ich brauche ja noch Geld aus dem Automaten. Diese Geschichte hat mich völlig aus dem Rhythmus geworfen. Na, jedenfalls sehe ich dann gleich, ob alles richtig funktioniert.

Zehn Minuten später habe ich das Geld aus dem Automaten erhalten und ich laufe nun etwas fröhlicher in Richtung meiner Frau zum GYM. Alles lässt sich in Ruhe klären. So etwas passiert halt. Nobody ist perfekt. Ich schaue wieder und etwas beruhigter auf die Uhr. Ach, ich habe mich in der Aufregung verguckt. Es ist noch viel Zeit, sehr viel Zeit bis ich Ferdi abholen kann.

Egal, ich gehe einfach mal ins Kino. Um diese Zeit, am Vormittag, war ich noch nie im Kino. Einkaufen kann ich hinterher immer noch. Mal sehen was es gibt. Wenn es etwas Lustiges oder Unterhaltendes ist, dann gehe ich hinein. Einen Krimi will ich nicht sehen, das eben in der Bank war schon spannend genug. Danach kann ich Ferdi aus dem GYM abholen. Das Kino ist zu Fuß gar nicht so weit weg, wie ich dachte. Nachdem ich weit ausgeschritten hatte, war ich auch schon da. Mal schauen. Ah, ein Film mit Bulli Hermann, okay, das ist zwar großer Blödsinn, aber auch viel Spaß und man kann lachen. Also kaufe ich eine Karte. Als ich die in der Hand habe, tritt ein weiterer Mann an die Kasse. Er hat gesehen, dass ich mit einem Hunderter bezahlt habe. Ich gehe zum Eingang des Vorführraumes und auf einmal wird mir siedend heiß klar, dass der Mann hinter mir, es auf mich abgesehen hat. Er will mein Geld, und zwar mit Gewalt. Mir kriecht eine Gänsehaut über den Nacken. Ich fühle mich bedroht und trete schnell in den Flur zum Vorführraum, zurück kann ich nicht mehr. Ich gehe durch den schweren Vorhang in den Kinosaal und bleibe einen Moment stehen um meine Augen an die Dunkelheit zu gewöhnen. Der Mann wird mich gleich erreicht haben. Nun kann ich in den Raum sehen. Oh, Schreck, der Raum ist leer!

Wo kann ich mich verstecken? Er wird alle Reihen durchsehen. In die Toilette kann ich auch nicht, dort bin ich erst recht gefangen, denn der Mann wird auch da nachsehen, wenn er mich hier nicht findet. Mein Herz fängt schneller an zu schlagen. Ich schaue mich noch einmal um. Der Raum ist nach hinten etwas erhöht und die letzte Reihe Stühle steht mit dem Rücken an der Wand. Auch enden die Reihen an der Wand gegenüber. Es gibt nur den Gang auf dem ich stehe. Da! Ich glaube es kaum, in der letzten Reihe sitzt jemand auf dem vorletzten

Stuhl zur Wand. Da ist noch ein Platz für mich frei. Ich gehe nach oben und weiter in die letzte Reihe bis ich an der Wand angekommen bin. Nun sitze ich zwischen der Person und der Wand. Mein Verfolger kommt also nicht an mich heran. Ich schaue zum Eingang. Der Mann kommt herein. Auch er wartet einen Moment, bis sich seine Augen an die Dunkelheit gewöhnt haben. Ich sehe wie er sich den ganzen Saal anschaut. Nun hat er mich entdeckt. Er dreht um und verlässt wieder den Vorführraum. Mein Herz beginnt sich zu beruhigen. Wenn ich nachher das Kino verlasse, werde ich mich gründlich umsehen.

Der Film war lustig und gutgelaunt verlasse ich das Kino. Draußen kann ich den Verfolger nirgends mehr entdecken. Vielleicht hat er gedacht, dass der Mann neben dem ich gesessen habe, zu mir gehört. Ich bin mal wieder beschützt worden.

Das ganze Leben lang wurde ich beschützt, sonst wäre ich gar nicht mehr am Leben. Es hat schon im Vorschulalter angefangen. Ich konnte gerade laufen und meine Mutter war mit einer Arbeit auf dem Küchentisch beschäftigt, da griff ich neugierig nach einem Ding auf dem Sideboard. Durch die Anstrengung ging mein Mund auf, ich griff nach dem Ding und es fiel um, der Inhalt fiel in meinen offenen Mund.

Irgendetwas war nun nicht gut. Ich konnte nicht schreien, also riss ich am Rock meiner Mutter. Meine Mutter reagierte blitzschnell, sah mich an und klemmte mich unter den Arm und entfernte es aus meinem Mund. Nun konnte ich wieder atmen und alles war gut. Leider geschah es noch ein zweites Mal, aber auch da reagierte meine Mutter spontan und rettete mich.

Als ich so anderthalb Jahre alt war, hatte ich Schmerzen am Kopf. Meine Mutter ging mit mir zum Arzt. Aber der Arzt gab meiner Mutter zur Antwort: „Das Kind hat nichts. Es ist in Ordnung." Damit wurde meine Mutter entlassen. Da sich aber meine Schmerzen nicht besserten und ich immer weiter am Jammern war, ging meine Mutter weitere Male zum Arzt, wurde aber immer wieder abgewiesen. Nun ergab es sich, dass die Schwester meiner Mutter in Hamburg ins Krankenhaus musste und meine Mutter mit mir mit dem Zug nach Hamburg fuhr um ihre Schwester zu besuchen und zu hören, was denn nun eigentlich die Ursache des Krankenhausaufenthaltes war. Meine Mutter ging also in die Klinik und ich war wieder am Jammern. Ein Arzt wurde aufmerksam und schaute mich an, er diagnostizierte, dass ich Mumps haben müsste und wollte meine Mutter mit mir sofort aus dem Krankenhaus entfernen, da Mumps ansteckend ist. Auf Grund der nun etwas lauteren Diskussion wurde der auch vorbeikommende Chefarzt aufmerksam auf den Fall und schaute mich an. Er erkannte sofort, dass ich eine Mittelohrentzündung hatte und ich wurde noch am selben Tag operiert, da sich schon der Eiter durch den Schädelknochen fraß. Wäre ich einen Tag später operiert worden, hätte ich nicht überlebt, wie mir erzählt wurde.

Sofort fiel mir eine weitere Begebenheit ein, ich bekam ein neues Bett, mein altes Gitterbett kam zerlegt in den Keller. Ich war auf der Straße und die Pforte zur Straße war geschlossen. Ich wollte aber raus. Es war kurz nach dem Krieg, das Tor klemmte und Öl war wohl noch nicht greifbar. Es quietschte in den Türangeln und es klemmte im Rahmen, wenn es geschlossen war. So erinnerte ich mich an mein Gitterbett und holte es aus dem Keller um eines der Seitenteile als Leiter zu benutzen. Ich stellte es an das Tor und kletterte hinauf. Eine Freude durchzuckte mich, ich hatte mich befreit und konnte nun über das Tor steigen. Die Gitterstäbe des Tores liefen oben in Pfeilspitzen aus. Ich wollte gerade über die Spitzen wegklettern, da löste sich das Tor durch den Druck, den ich oben ausübte. Es ging auf. Ich verlor den Halt auf der Leiter, denn sie rutschte weg und fiel auf den Boden. Ich hing mit der Brust auf den Pfeilspitzen und konnte keinen Laut mehr von mir geben.

Rufen ging nicht, weinen ging auch nicht, also hing ich dort und rang um Luft. Wieder geschah ein Wunder, denn in dem Moment erreichte unsere Putzfrau das Haus und hob mich vom Tor. Wir Kinder hatten sie immer geneckt, da sie nach Kernseife roch. Ab diesem Zeitpunkt habe ich sie nicht mehr geneckt. Ich hatte zwar nicht begriffen, dass sie mir das Leben gerettet hatte, aber ich wusste, dass sie mich vor etwas Ungutem bewahrt hatte.

So ging es immer weiter, ich war sehr umtriebig und wollte alles ausprobieren.

Ich kletterte gerne. Die Villa in die unsere Familie einquartiert worden war, hatte eine Pergola mit Weinranken. Diese Pergola ging bis unter das Dach. Ich wusste, dass meine Mutter im oberen Stockwerk war und dachte mir, ich könnte an der Pergola hochklettern und dann durch das Fenster zu meiner Mutter kommen. So hatte ich ein Ziel und freute mich darauf. Also bestieg ich die Pergola und es ging auch sehr gut, die Quadrate waren nicht zu weit auseinander und ich konnte sie gut wie eine Leiter nutzen. Fast oben angekommen, einen Meter unter dem Ziel, schaute meine Mutter zufällig aus dem Fenster. Sie sah mich und befahl mir, sehr streng, wieder nach unten zu steigen. Ich bettelte, dass ich doch gleich oben sei und sie mich dann am Fenster entgegennehmen kann.

Aber meine Mutter blieb hart und befahl mir wieder nach unten zu steigen. Ich kann mich heute noch daran erinnern, wie enttäuscht ich war. Kurz vor dem Ziel wurde ich zurückbeordert. Das war einfach ungerecht. Meine Mutter war ein Spielverderber, sie verstand mich einfach nicht! Es war doch einfacher, den einen Meter noch nach oben zu steigen, als wieder komplett nach unten. Ich war zutiefst enttäuscht.

Heute weiß ich natürlich, sie hatte Recht. Wahrscheinlich hat sie mir auch in diesem Falle das Leben gerettet, denn niemand wusste, wie morsch die Halterungen oder die Sprossen oben gewesen wären.

Immer wieder wagte ich als Kind halsbrecherische Handlungen. Wir Kinder spielten auf der Straße immer zusammen. Auch größere Kinder, Kinder die schon zur Schule gingen, spielten mit uns Kleineren. Niemand wurde ausgeschlossen. Auch zu Silvester waren wir Kleinen dabei, wenn die Größeren ihre Knaller zündeten.

Wie ich bereits erwähnte war es kurz nach dem Krieg und die Straßen wurden renoviert. So wurden von den Gehwegplatten aus, hin zur Mauer der Grundstücke, Granitmosaikpflastersteine gepflastert. Zwei der größeren Jungen warfen sich so einen kleinen Granitstein zu. Sie spielten damit und warfen ihn immer hin und her. Ich wollte auch mitspielen, denn es sah lustig aus. Aber die großen Jungen meinten, dazu wäre ich noch zu klein, dass aber wollte ich nicht wahrhaben. Immer wieder bettelte ich darum mitspielen zu können, wurde aber immer wieder abgewiesen.

Ich mochte aber keine Abweisung, das verletzte mich, also ging ich dazwischen und wachte im Krankenhaus wieder auf. Die größeren Jungen hatten schnell reagiert und um Hilfe gerufen. Der Arzt war phantastisch und nähte die Wunde über dem Kinn von der Innenseite des Mundes. Eine Narbe habe ich deshalb heute nicht im Gesicht.

Mir fiel wieder mein Unfall mit dem Kinderrollerrad ein. Ich stürzte und schlug mir das Ende des Griffes in den Kopf. Auch das überlebte ich, weil einer der größeren Kinder mich fand und nach Hause trug.

Meine Gedanken kommen wieder in die Gegenwart. Wenn ich das alles so überdenke, ist es für mich fast unglaublich, dass ich immer noch lebe. Wie wunderbar! Ich danke Gott für mein Leben.

Gemächlich laufe ich nun weiter. Das Wetter hat sich gebessert. Die Regenwolken sind weitergezogen. Die Sonne scheint, blauer wolkenfreier Himmel und es ist warm aber nicht heiß. Einfach Klasse.

Da vorne steht ein Eisverkäufer mit einer Softeismaschine. Soll ich mir ein Eis kaufen? Warum nicht? Also werde ich mir auch ein Eis kaufen und setzte mich ein wenig zu den wartenden Kunden auf eine Bank. Ich bestelle und der Verkäufer drückt auf einen Knopf und das Eis kommt aus der Düse herausgequollen. Er stoppt und ich nehme ihm die Eistüte ab. Jetzt habe ich gleich ein wenig Kleingeld. So muss es sein.

Nun erspähe ich eine Bank weiter zum Hauptweg hin. Von dort kann ich in den gegenüberliegenden Park schauen. Eigentlich ist es viel schöner, denke ich mir, an den Parkrand zu gehen. Ich kann auch von dort den Eingang im Hochparterre vom Fitnessstudio sehen. Ich überquere die Fahrbahn und laufe hin zur Bank. Hier gibt es einen größeren runden Platz, in der Mitte des Kreises befindet sich ein Springbrunnen.

Ich setze mich auf die, von mir erspähte, Bank und schaue mir das frische Grün der Bäume und Sträucher an. Die Forsythien sind schon fast ausgeblüht. Aber es gibt hier noch mehr Bäume und Büsche, die eine weiße Blütenpracht ausgebildet haben. Ich sehe blühende

Tulpenbäume, rosagefärbte und auch weiße Sternmagnolien. Auch die Mahonien blühen gelb. Sogar die Blühkirschen blühen schon wunderbar rosa.

Dieser Platz scheint sehr gut angenommen zu werden, denn es sind viele Menschen hier, die sich auf die Bänke setzten oder einfach nur in den Park hinein, Spazieren gehen. Manche gehen wieder aus dem Kreis heraus zu einem Restaurant, ungefähr vierhundert Meter weiter hinten im Park.

Viele Familien mit Kinderwagen und Kindern im Vorschulalter sind hier unterwegs. Natürlich, es ist Vormittag, die größeren Kinder sind in der Schule.

Mein Eis habe ich inzwischen aufgegessen und schaue mit fröhlichem Herzen und wirklich gut gelaunt zu den Menschen. Die Kinder sind fast alle fröhlich, laufen herum und halten ihre Eltern in Trab. Sie quietschen und rufen und schreien ihre Fröhlichkeit in die Welt. Welch eine Freude, so ein Kind zu sein. Manchmal möchte ich auch meine Freude in die Welt hinausschreien. Ja, ich weiß das Gegenteil auch. Aber heute ist es einfach wunderbar. Ich fühle eine große Sympathie zu den Menschen und den schreienden Kindern.

Eine weitere Gruppe von Menschen erreicht den runden Platz. Es scheint eine Gruppe von

Betreuern und Behinderten zu sein. Geistig behinderte Jugendliche, wie es mir scheint, denn sie laufen alle ganz normal. Die Betreuer bestehen aus jungen Frauen, ich schätze sie so um die dreißig bis fünfunddreißig. Die Jugendlichen laufen herum und schauen sich den Brunnen und die anderen Figuren auf den Postamenten an.

Eine der Jugendlichen, vielleicht auch schon eine junge Frau ruft: „Mama! Mama!" Aber die Betreuer beachten das nicht. Das zieht meine Aufmerksamkeit auf die Personen. Immer wieder ruft sie: „Mama!" Ich denke daran, dass mir Dornath in den Höhlen erklärt hatte, dass viele neue Kinder sich die Aufgabe mit ins Leben genommen haben, behindert zu sein um die Menschen zum Aufwachen zu bewegen. Um sie dazu zu bringen mehr ihr Herz zu gebrauchen. Ihr Herz zu entwickeln. Ich sende der Gruppe meine besten Gedanken zu und meine Liebe. Die Gruppe zieht weiter, das Mädchen ist mir aus dem Blickfeld geraten und ich schaue weiterhin auf die anderen Menschen.

Auf einmal legen sich von hinten sanfte Hände um mich und mich durchströmt eine unbeschreibliche Liebe. Es wird förmlich von oben in mich hineingegossen. Ich bin wie in Watte gepackt, alles in mir wird ruhig und die Liebe, die ich spüre ist einfach göttlich phantastisch. Alles in mir wird ruhig und sanft. Nichts ist mehr wichtig, in diesem Moment. Niemals zuvor habe ich so etwas Wunderbares erlebt.

Wie durch Watte höre ich die Betreuer sagen: „Das geht nicht", und ich merke, wie die Jugendliche von mir weggezogen wird. Wieder höre ich wie das Mädel ruft: „Mama, Mama!"

Auf einmal verstehe ich, dieses Mädel ist nicht behindert! Sie ist uns spirituell um Lichtjahre voraus. Sie sieht in allen Dingen die Göttliche Mutter! Sie sieht sie in den Wolken, in den Bäumen, in der Landschaft, in den anderen Menschen, in jedem Schmetterling oder sogar in einer Fliege. Einfach in der Schönheit der Welt. Die Liebe Gottes und der Göttin durchströmt vollkommen ihre Seele. Sie hat sich ganz und gar in das Vertrauen zu Gott begeben. Ihre körperlichen Bedürfnisse in die Hände Gottes gelegt und sie weiß, dass sie vollkommen von Gott geleitet und beschützt wird. Sie lebt nur noch die Liebe zu Gott und der Göttin. Welch ein wunderbares Wesen. Sie hatte wohl irgendwie erkannt, dass ich ihnen liebevolle Gedanken geschickt hatte und dadurch kam sie auf mich zu um sie zu verstärken.

Die Gruppe zieht weiter und die Betreuerinnen ziehen das Mädel von mir weg, ich höre sie von Weitem sagen: „Das geht doch nicht!" Sie schauen mich, aus der Entfernung, ziemlich ratlos an. Ich bin immer noch in Watte gepackt und schwimme in Liebe. Was hätte ich ihnen auch erzählen können. Hätten sie mich verstanden? Hätte ich nicht ihr Weltbild zerstört, was sie bestimmt nicht zugelassen hätten. Ich wusste nicht, was zu sagen und so blieb ich sitzen und versank in Liebe zu allen Dingen und Wesen.

Das hatte Dornath gemeint, ging mir durch den Kopf, als er sagte, dass die Menschen nun wieder in Richtung Gott und der Göttin und alles was ist, gehen würden. Dass die Zukunft der Menschen in der Liebe zu sich selbst und den anderen Menschen hin sich entwickeln würden. Alles würde in Liebe gemacht und die Menschen werden sich zum Besten, was sie immer waren, entwickeln. Alle ihre göttlichen Fähigkeiten würden zu ihnen zurückkehren Aus der Hölle in den Himmel, es war an der Zeit. Ja, es war an der Zeit. Nun begann ich es zu verstehen. Was hatte er noch gesagt? „Gott ist wieder auf der Erde. Gott urteilt nicht, Gott ist nur Liebe und das sollten wir nie vergessen." Natürlich würde es noch ein paar Jahre dauern bis alles sich umgewandelt hat. Aber es geschieht jetzt.

Meine Frau kommt lächelnd auf mich zu und begrüßt mich mit einem Kuss. „Ich habe dich schon von Weitem gesehen. Schön, dass du mich abholst."

Nun fällt mir ein, ich wollte doch noch Tomaten kaufen. Egal, das können wir jetzt zusammen machen.

HOLGER H. HAACK

DER MYSTERIÖSE
TOTE VOM BAU
EIN FALL FÜR LERCH UND VAN KRALL

Spannung, Witz und Mord im Weserbergland:

Kommissare Lerch und van Krall ermitteln in einem kniffligen Fall! Auf einer Baustelle wird ein Toter gefunden. Anfangs geht die Polizei noch von einem Unfalltod aus. Doch als bei den Habseligkeiten des Toten sein altes, vermisstes Handy statt seines aktuellen gefunden wird, gehen die Kommissare von Fremdverschulden aus. Befragungen der Ermittler bringen erste Indizien hervor: Der Tote war Gesamtbetriebsratsvorsitzender und hatte seinen Chef unter Druck gesetzt, es wäre beinahe zu einem Konkurs des Unternehmens gekommen. Als die Ermittlungen voranschreiten, wird der Fall immer komplizierter. Niemand scheint wirklich ein echtes Motiv zu haben, bis durch eine glückliche Wendung die Kommissare endlich auf die Spur des brutalen Mörders kommen. Tauchen Sie ein in einen Regionalkrimi voller Überraschungen, während die Kommissare dem Mörder auf der Spur sind und dabei selbst ins Visier geraten!

272 Seiten

ISBN: 978-3-7557-1652-5

Nordgermanien im 8. Jahrhundert nach Christus: Stigs Vater wird ermordet im Moor aufgefunden. Stig und sein Freund Randulfr entdecken, dass fremde Krieger in Eisenkleidern das Moor unsicher machen. Es bleibt ihnen nichts Anderes übrig, als sich auf eine gefährliche Flucht zu begeben. Sie landen auf dem Boot einiger Händler und lernen dort viel über die Möglichkeit der List. Angekommen in Lehe finden sie Hilfe bei den Germanen vor Ort. In den Geestschleifen kommt es zur Konfrontation mit den fremden Kriegern. Stig muss noch viele weitere Abenteuer bestehen, während sein Weg ihn nach Rungholmr führt, zu den Externsteinen und Aix la Chapelle. Am Ende seiner Wanderung wird er seine Bestimmung finden und zu Alvis dem Druiden werden.

555 Seiten

Deutsch: ISBN: 978-3-7583-8194-2

Englisch: In Vorbereitung

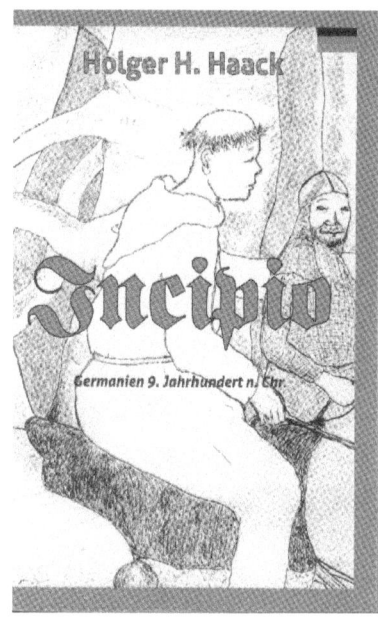

Neuntes Jahrhundert nach Christus: An das Kloster Nova Corbeia ergeht der Auftrag der Heidenmissionierung im Sachsenland. Der junge Benediktinermönch Johannes aus dem Frankenland begibt sich als Depeschenkurier unter Begleitschutz auf die gefährliche Reise in heidnisches Gebiet.

Unterwegs gilt es aber nicht nur den Gefahren von unbändiger Natur und Wildtieren zu trotzen, Bruder Johannes erfährt auch manche Unterweisung und lernt vieles: Er steuert Wagen und Boot, spricht bald mehrere Dialekte der Heiden und macht sich mit den Heilkräften der Pflanzen vertraut. So dauert es nicht lange und der junge Mönch verlässt den sicheren Hafen des Klosters, um sich auf der hohen See des Lebens einzurichten. Ein Missionierungsauftrag schickt ihn zu einer heidnischen Dorfsiedlung in unwirtlichem Gebiet.

214 Seiten

Deutsch: ISBN: 978-3-7597-1233-2

Englisch: ISBN: 978-3-7597-4336-7

Für Kinder von drei bis sechs Jahren zum Vorlesen.

Käpt'n Kuddel ist ein alter Seebär, der sein ganzes Leben auf See zugebracht hat. Nun erzählt er seinem Enkel seine Erlebnisse und übertreibt natürlich gerne und hin und wieder flunkert er so, dass sich die Balken biegen. Ein lustiges, nicht ernst zu nehmendes, kleines Buch über die Unmöglichkeiten der Seefahrt. Nur in einer Hafenstadt, wie Bremerhaven es ist, gibt es solche urigen, liebenswerten Menschen. Für alle Kinder und Erwachsene, die Kind geblieben sind.

60 Seiten

ISBN: 9 783759 769381

Für Kinder von sieben bis neun Jahren.

Bremerhaven
Holger H. Haack

Käpt'n Kuddels
Schatz der Nebelinsel.

Käpt'n Kuddel ist ein alter Seebär, der sein ganzes Leben auf See zugebracht hat. Nun erzählt er seinem Enkel seine Erlebnisse und übertreibt natürlich gerne und hin und wieder flunkert er so, dass sich die Balken biegen.
Diese Mal erzählt er die Geschichte von dem Schatz der Nebelinsel. Ein lustiges, nicht ernst zu nehmendes, kleines Buch über die Unmöglichkeiten der Seefahrt. Nur in einer Hafenstadt, wie Bremerhaven es ist, gibt es solche urigen, liebenswerten Menschen. Für alle Kinder und Erwachsene, die Kind geblieben sind.

60 Seiten
ISBN 9 783759 719881

Für Kinder von acht bis zwölf Jahren.

Käpt'n Kuddel ist ein alter Seebär, der sein ganzes Leben auf
See zugebracht hat. Nun erzählt er seinem Enkel seine
Erlebnisse und übertreibt natürlich gerne und hin und wieder
flunkert er so, dass sich die Balken biegen.
Diese Mal erzählt er die Geschichte von der Eisprinzessin. Ein
lustiges, nicht ernst zu nehmendes, kleines Buch über die
Unmöglichkeiten der Seefahrt. Nur in einer Hafenstadt, wie
Bremerhaven es ist, gibt es solche urigen, liebenswerten
Menschen. Für alle Kinder und Erwachsene, die Kind
geblieben sind.

60 Seiten
ISBN 9 783769 304091